我們來玩紅樓夢

朱嘉雯——著

目錄

【序】

當我閱讀《紅樓夢》

朱嘉雯

每當我開始閱讀《紅樓夢》，我便希望書中人物能夠和你一起生活、一同呼吸，共享宴飲、體驗華服、品味戲曲古樂、賞玩如詩如畫的園林藝術景致……。我還希望看到你在不知不覺中穿入故事中人的內心世界，感受他們是如何地歡喜與悲哀！我想搭設一座移動的城堡，乘載著天上人間唯一的大觀園，讓你慢慢飛升起來！飛進怡紅院，猛然看見一幅全息影像，那是彷彿三度空間立體活脫脫的仕女畫；然後再飛到瀟湘館，讓月洞窗上的小鸚鵡陪你聊聊天，唸一唸牠女主人最喜愛的幾首詩；最好我們再飛去藕香榭、蘆雪庵，偷瞄大姑娘們啃螃蟹、嚼鹿肉；也許路上還會不小心撞見小丫頭片子在小徑上、亭子間、樹蔭下，偷偷地拌嘴、偷東西、打群架！

為了讓你忘記自己是誰？又身在何處？我打算開啟一個平行時空，讓你取得一個隱密而獨特的身分，藉此堂而皇之地進入大觀園，和賈寶玉、林黛玉、薛寶釵、薛寶琴等等人物並排站在一起，也學著他們開始盡力奔跑，把一排七隻大雁子風箏、紅蝙蝠風箏、真人比例大小的美人風箏都放到天上去！等著風箏線轉到了盡頭，而且那些風箏已如雞蛋一般大小，你便拿出剪子來，「喀擦」一聲！讓風箏就此斷線而去，這樣你就和他們一樣，把今年最不如意的事情都放掉了；你也將與探春、李紋、李綺一樣擺出相同的姿勢，高高地舉起釣竿，然後使勁兒拋往沁芳溪，接著便靜靜祈求鯽魚上鉤。因為你知道，在這新的一年裡，誰先釣上魚，誰就能得到好運！你有時會得到一些還不錯的小禮物，可不是什麼北靜王送的鶺苓香念珠、賈元妃賜的香如意和瑪瑙枕，這些東西，購物網站上經常見得到。我所說的好禮物，像是薛蟠特地從蘇州帶回來的小泥人兒，那好似運用３D列印出來的人像，雖然精緻小巧，卻是和你長得一模一樣！連薛寶釵看了都會笑出來呢！你說你很喜歡這樣的小人像，一定會好好收藏做個紀念，但是也別高興得太早！在大觀園裡，你可能也得做點粗重的活兒，像是幫賈寶玉去抬洗澡水。別擔心，有秋紋和晴雯陪你一起去，只是她們兩個特頑皮！總是一路說說笑笑，手下忽輕忽重，結果又潑了你一身的水。你想靠到襲人那邊去，以為這樣生活會安全一點，結果沒想到，她才是天底下最會玩的人！每逢下大雨，她就抓來幾隻綠頭鴨，叫你幫忙把翅膀縫起來，然後丟到水積得像游泳池的天井中，接著便放出所有的小丫頭們來，讓大家又打又鬧！歡聲雷動！鬧得連天上的雷公電母都想求饒！

你說你不想離開大觀園了！這可不行！我所設定的遊戲規則，包括叫你嘗盡生離死別的苦楚！你說你已經在晴雯和黛玉的身上感受到了死亡的魔爪。我說這一切還遠遠的不夠，你得眼睜睜地看著最溫良的二姐姐被活活打死；最聰明的三姐姐被嫁到遙遠的疆域；最膽小的四妹妹向長輩們哀告！她說她寧願出家當尼姑，但求一生平靜。可是，誰又能真正的獲得平靜？二嫂嫂王熙鳳拚盡了最後一口氣，在痛苦的掙扎中，也不曾換來一秒鐘的平靜。置身在塵寰外的女住持妙玉，連蒲團都坐不穩，最後還被齷齪的土匪劫持而去。她這一生最難得到的就是平靜。薛寶釵、李紈、金鴛鴦……，她們看盡了滄海桑田，俱皆怵目驚心，都想置身事外，卻終究逃不出命運的安排。

別躲開，在薄命司的大網底下，你還得經歷一段長途飛行，飛向神話的國度，去到那大荒山無稽崖青埂峰，看看那塊亙古以來屹立不墜的頑石，摸一摸、瞧一瞧那上頭是不是已經寫滿了字？寫滿了飽嘗辛酸血淚的詩文？等你確定這部石上書已經印證了所有生命的體驗，我便放你走。

現在你應該想起自己究竟是誰了吧？那麼你為什麼還不走？

一、會說話的大石頭

我今天要告訴大家一個很有趣的故事哦！

很久很久以前，天上的火神和水神打了一架！因為彼此纏鬥得太激烈了，竟然把天空打破了一個大洞啊！後來有一位非常仁慈的女神，她的名字叫「女媧」，女媧於是立志要將天空這個大洞補好。

她親手煉製了三萬六千五百零一塊美麗的大石頭，用來彌補天上的空洞，可是卻單單剩下一塊沒有用，並且將它拋棄在大荒山下。

這塊石頭知道自己被拋棄了，心裡很難過！它覺得是自己沒有用，才會落選。

眼看著眾兄弟們都很榮耀地登上高空去完成了補天的神聖使命，只有它單獨被拋下，於是每天每夜痛苦地嚎啕大哭！

有一天，它又不自覺地悲傷起來，淚眼矇矓中，遠遠地看見有兩個人朝它這裡走過來。等到這兩個人走近了，才發現是一個和尚，而另一個卻是道士！這兩個人啊，就像神仙一般飄逸，一路說說笑笑，走到了大石頭邊，並且一同坐下來，很高興地說著那雲霧飄渺的仙山裡住著神仙的故事，然後又說到人世間有許多榮華富貴的享受，大石頭聽了他們所說的話，內心激動不已！一時忍不住竟開口說話了！

「兩位大師，你們看我長得這麼粗大笨重，因此請原諒我不能向你們行禮了。你們剛才講到人世間有多麼的榮耀和繁華！我聽了心裡好羨慕啊！可否請你們帶我到人世間去遊歷一番？我很希望能在那裡享受幾年美好的時光。」

這兩位仙師聽見大石頭開口說出這樣的話來，不由得笑了：「石頭啊！你只知道人世間可以享受，卻不知道做為人，他也有很苦的時候，簡單地說，在人世間永遠沒有達到完美的一刻，而且所有美好的事物都叫我們等了又等，即使有一天真的讓你等到了，恐怕也沒有那麼好的滋味了。」

兩位仙師說了那麼多，無奈這大石頭根本聽不進仙師說的話，它就是決定了要下凡。於是那和尚只好答應它，而且說著說著就開始變起魔術來了！他們將大石頭變成了一塊小巧可愛、晶盈剔透的美玉，並將它放在手掌上，美玉便不停地散發著亮麗的光輝！真是美得人見人愛呢！

石頭發覺自己已經脫去了粗笨的外貌，幻化成一個美麗的寶物，心裡高興極了！立刻問兩位仙師：「大師，謝謝你們！請問你們預備將我帶到哪裡去呢？」

那和尚說道：「我們要帶你到這世界上最文明的國度，和最富有的地方去。」

大石頭還是不明白，又問道：「那這個地方究竟是在那裡呢？」

和尚很神祕地笑著說：「你先別問那麼多，跟我們走，到了那裡，自然就明

白了。」

兩位仙師將大石頭變成了美玉之後，究竟將它帶到哪裡去了呢？它在那裡又會遭遇到甚麼樣奇怪的經歷呢？

我下次再告訴你們。

二、對不起，故事已經結束了！

上回我們說到那原本要去補天的大石頭，後來被和尚和道士變成了一塊美麗的小玉石，說是要帶它下凡去遊玩的，結果，這個故事說到這裡，卻突然結束了！

你不相信嗎？這是真的哦！

過了好幾百年後，有一位名叫「空空」的道士在旅遊的途中，偶然來到大石頭下，他很驚訝地發現，這塊大石頭好特別呀！因為石頭的身上被寫滿了字！空空仔細地閱讀之後，才發現這石頭上所寫的字，其實是一篇很好看的故事！石頭告訴人們，它當年沒有被選上，所以不能跟眾兄弟一起去補天，感覺自己很沒用，每天都好沮喪！幸好有茫茫和渺渺兩位出家人將它一度變為一塊美好的小玉石，並且將它帶下凡間，去經歷了一段人世間的生活。如今，遊歷已經結束了，所以它帶著一身的故事，又回到了大荒山。

空空特別喜歡這裡面所寫到的家庭生活，還有一些優美的詩詞，他想：「如果把這篇故事抄寫下來，帶到山下去印成書，應該會有很多人喜歡看吧！……可是這個故事有個嚴重的缺點，那就是作者忘了告訴我們，這是出自哪一個國家或哪一個朝代的題材。這樣叫我怎麼帶下山去介紹給大家呢？……唉，我看還是算了。」

正當空空想得出神的時候，這石頭又開口說話了！

「空空啊，你真傻！要我記錄朝代，那還不容易？我隨便寫個漢朝，或是唐朝，你就相信了嗎？我就是不喜歡和別人一樣，每寫一個故事就先說好是在哪個國家、哪段時期，在什麼時間、地點，這有什麼差別呢？故事本身好看，才是最重要的！你說是不是？」

空空有點理解石頭的意思了。原來不是石頭漏寫了故事的時間和地點，而是它故意這麼做的。

石頭又繼續說道：「我啊，自從下凡經歷了一趟世間的歡喜與悲哀之後，人生觀已經與從前大不相同了！你如果願意仔細閱讀，將會發現我的故事和別人最大的差別在於，我寫出了親眼所見的一般日常生活裡的女孩子們，她們最真實可愛的一面。現代人每天生活都很忙碌，哪有時間看那些治理國家的大書啊？所以我立志要寫一本小說讓人們沉浸在有趣故事中，以及美好的生活裡，享受一段優閒的時光，以至於樂而忘憂，就算長時間的閱讀也不會感到疲倦，感覺好像在玩耍一樣。」

空空一面聽著石頭的話，一面又將石頭身上的故事再讀一遍，真的是愈看愈有滋味！於是將這部書從頭到尾抄寫下來，就取名為《石頭記》，後來有一位吳玉峰先生也很喜歡這本書，又將它改名為《紅樓夢》。許多年之後，又出現一位很愛《紅樓夢》的人，名叫曹雪芹，他一共讀了十年，才將這石頭上的書，慢慢地修改字句、分出段落，還寫了每一回故事的標題，最後仍然用《石頭記》做為書名。

這本書受到那麼多人的喜愛，那一定是一本很有趣的書了！可是它到底有多好玩呢？我決定從下一回開始，慢慢地告訴你這本書裡許許多多精彩的故事。我們下回見了！

三、搖到外婆橋

「搖啊搖，搖到外婆橋，外婆說我好寶寶，問我媽媽好不好，我說媽媽好……。」你喜歡到外婆家玩嗎？每一次到了外婆家，是不是都得到許多好吃又好玩的東西呢？

從前有個小女孩，叫做林黛玉，她原本生活在一個非常幸福快樂的家庭，可惜後來母親過世了！黛玉的父親林如海因為過度地悲傷，而且也沒有辦法一個人撫養小孩，所以決定將她送到外婆家。可是林黛玉卻哭著說：「我不要！我不要！我想留在爸爸身邊！」

林如海：「小寶貝，妳是我們家的獨生女，爸爸也捨不得妳，可是我已經老了！這一輩子有妳媽媽，我已經很滿足了，以後絕對不會再娶一個新媽媽進門，這麼一來，就更沒有人照顧妳了！妳又沒有兄弟姊妹，一個人生活會很孤單的。」

林黛玉哭著對爸爸說：「我不怕孤單！我只想留在家裡。」林如海：「傻孩子，妳到了外婆家，外婆會像疼愛媽媽那樣疼妳！給妳吃的玩的，好多好多東西，還細心照顧妳的生活。況且那裡又有舅舅家的幾個女兒和妳作伴，妳和她們一起讀書、一起作詩、彈琴……，這不是很好嗎？妳就去吧！這樣爸爸才不會太擔心妳了。」

林黛玉只好答應了。她一邊哭，一邊跟著賈雨村老師坐上大船到外婆家去了。她以前聽母親說過，外婆家非常非常地豪華，非常漂亮！等到她下了船，一路來到外婆家的大門口時，才真正嚇了一大跳！因為她看見門口有兩隻超級大的石獅子！而且三面高級的大門上還有閃亮亮的金銅神獸門環！推開邊門，一整排穿著美麗絲綢繡花衣服的僕人們，早已準備好了，個個展開甜美的笑容，歡迎林黛玉的到來。

林黛玉的心裡好緊張！她跟著帶路的人走過好長好長的走廊，又通過許多大客廳、大花園……，而且到處都是大理石、原木雕刻製成的家具，走廊兩邊掛著無數美麗的鳥籠，裡面養著彩色鸚鵡、畫眉鳥、各種小雀兒……等等。就在林黛玉看得眼花撩亂的時候，忽然有一個人對她說：「妳終於來了！剛才老太太還在問呢！」林黛玉睜著大眼睛，不敢說話，因為她不知道這個人是誰，只好跟她進了屋子。一進門，還沒來得及看清楚屋裡的情況，馬上就有一位滿頭白髮的老太太，走到她的面前來，一把抱住了她，還痛哭流涕地說道：「我的心肝啊！我所有的孩子裡，最疼的就是妳母親，她怎麼捨得離我而去啊？我一見到妳，就好像見到她一樣，叫我怎麼能不傷心呢？」

林黛玉立刻明白了：「原來這位老太太就是外婆啊！」她馬上對外婆說道：

「黛玉給外婆請安。」外婆說：「好好好，真是好孩子！可是妳怎麼那麼瘦啊？平常有沒有看醫生和吃藥啊？」黛玉：「有的。我從小身體就不好，會吃飯的時候就開始吃藥了。我爸媽請了很多名醫來看診，可是都沒有效。我母親說我三歲那一年，家裡來了一個怪怪的和尚，他說：『讓這孩子出家修行，她的病自然就會好。』可是我的父母親堅決不答應！後來這和尚又說：『既然捨不得她，那麼只怕她的病一生都不會好了！若是想要身體好，除非從今往後都不許哭，也不許見到外姓的親戚，這樣才能平安地度過一生啊！』」

外婆聽了很訝異：「哪有這種事？」黛玉：「外婆別擔心，那個人不過就是瘋瘋癲癲的，我們都不理他。我平常習慣吃的藥就只是人參養榮丸。」外婆：「那簡單！我找醫生給妳配藥就是了。好孩子，妳就在這裡安心地住下來吧。妳看姊姊妹妹們都來看妳了，妳和她們好好相處，晚上妳的表哥賈寶玉就回來了，他今天到廟裡去還願了。」林黛玉覺得：「外婆家的姐姐妹妹們既親切又可愛！只是不知道那寶玉哥哥是什麼樣的人？他會不會不喜歡我呢？」

想知道寶玉哥哥長得什麼樣子嗎？還有，在他身上曾經發生過那些奇幻的冒險經歷呢？你一定很想知道，可惜時間不夠了，我們下回再說吧。

四、寶哥哥的奇幻夢境

「哇！這裡是甚麼地方呢？好美麗呀！我正走在一片翠綠的樹林裡，前面有一條小溪，瞧瞧，這潺潺的流水，多麼清澈！水底不僅有銀亮的小魚，那澄藍的天空和一朵朵如棉絮般的白雲，並幾隻悠閒的飛鳥，也都映在這清澈的水面上了。真是令人心曠神怡！」

「咦？真奇怪！我怎麼會在這個地方呢？我記得今天早上，我是和奶奶、媽媽，還有黛玉妹妹一起到大堂哥賈珍家裡欣賞花園裡盛開的梅花。提起我的表妹林黛玉，她可是我最好的玩伴了！我們經常一起玩益智遊戲，像是連英國和法國

的數學家都說很困難解套的九連環，林妹妹經常是一邊和我聊天，一邊就解開了，然後又很輕鬆地套回去！她將來如果要上大學的話，我建議她去念數學系，一定可以每天快樂地享受著演算並解答各種難題。至於我嘛，我最不喜歡讀書了，如果可以一輩子待在這個仙境裡，那該有多好啊！就算回不了家，也沒有關係的，總比被爸媽和老師又打又罵，整天叫我讀書，好得多了！」

你瞧，這賈寶玉即使在作夢的時候，都還在胡思亂想，想著如何逃學呢！不過，就在他左思右想，想不透自己身在何處的時候，遠方突然「飛」來了一位正在歌唱的仙女！

「喂！神仙姐姐！我叫賈寶玉，我迷路了！請妳告訴我回家的路好嗎？」神仙姐姐對寶玉笑著說道：「這裡可是太虛幻境哦！你不能到處亂跑，請跟我來吧。」賈寶玉聽說神仙姐姐願意幫他，立刻高興地問道：「太好了！姐姐要帶我到哪裡去？」神仙姐姐說：「我的名字是警幻。今天這裡的仙女們要一同舉辦歌舞音樂同樂會，我們共同製做了新的組曲，一套十二首，曲名叫做《紅樓夢》。你想不想聽呢？我們不僅音樂好聽，舞蹈美妙，還有好喝的飲料喲！」

賈寶玉高興地喊著：「太棒了！我願意和姐姐一同去參加音樂同樂會！」警幻也很開心：「你聽了我的音樂，喝了我的飲料，便能體會到生命的奧秘哦！」警幻仙子說著，便帶領賈寶玉走進了太虛幻境的正門，這時寶玉發現原來太虛幻境裡面有好多好多的門！賈寶玉一時好奇，便隨意走進了一扇門，警幻隨即叫他：「寶玉，這裡不能亂闖！」可是賈寶玉實在太欣喜了，便央求警幻：「好姐姐，我覺得這裡真是太有趣了！妳就讓我隨意參觀參觀嘛！求求妳！」

警幻無奈地說：「好吧，你就隨意看看，這裡可都存放著一些精彩的繪本，而繪畫中則描寫了許許多多女孩子一生的命運呢！」

「哦？這是真的嗎？那我一定要先看看我們家族那些女孩子的命運。」賈寶玉睜大了眼睛，興奮地說道。接下來，他在這座號稱「命運館」的繪本圖書室裡，隨手抽出一冊，翻開來看，那一頁滿滿塗著烏黑的雲，就像是快要下大雨的樣子！底下有幾行小字，意思是說：美好的晴天實在難得，就像美麗的女子容易招人忌妒，而最終她的離去，只能讓多情的公子為她感傷……。

賈寶玉看不懂，又捨不得放下，於是又翻到下一頁。頓時他的眼睛為之一亮！因為這一頁畫著一捧嬌豔美麗的鮮花，可是不知道為什麼鮮花的旁邊又畫著一床破草蓆？同樣的，這一頁底下也有一行小詩：「她是如此地溫柔，就像芬芳的桂花和馨香的蘭草，將來最有福氣與她共結連理的人，可惜不是你！」

賈寶玉覺得自己好像漂浮在外太空，迷迷濛濛的，實在看不懂這些謎一般的詩句，也猜不透那些繪畫的含意，他只是捨不得放下這些好看的繪本，於是翻了幾頁，又換一本，再看看裡面的圖畫與文字，又去拿另一本……，直到他翻開那令人觸目驚心的一頁，圖畫中的美人兒像是要在高樓上自殺！警幻立刻伸手把書搶過來！「你太聰明了！我怕你會猜到這些圖畫和詩歌，說的到底是哪些人！所以不能讓你再看下去了！」

也許你也像賈寶玉一樣，似乎快要猜著了，可是終究還是看不透這繪本上到底在畫的是什麼呢！別急，這些我們遲早會講的，但是今天的時間不夠了，寶玉看到的那些畫，究竟有什麼含義？還有他夢中的太虛幻境究竟對他有甚麼意義呢？別急，故事還很長，等你慢慢來體會。

五、賈寶玉上學去

我們都知道打架是不正確的行為。生活中無論發生任何情況，都不應該以暴力的方式來解決問題。可是，《紅樓夢》裡的男主角賈寶玉，卻在學校裡和同學發生了肢體的衝突！這究竟是怎麼一回事呢？

原來這一天早晨，賈寶玉起床時，發現襲人姊姊已經幫他整理好上學用的書包了。賈寶玉便笑著對襲人說道：「好姊姊，我不想去上學，因為我擔心妳一個人待在屋子裡會很無聊！」襲人趕緊勸道：「可不能這麼說呦！讀書是極好的事情！現在不去上學的話，將來這一輩子都要過潦倒的生活呢！你現在漸漸長大了，我勸你讀書的時候要認真把心思放在書本上；下課之後，別貪玩，盡早回家，把家人放在心裡最重要的位置。這樣才是好孩子！」

接著，襲人就將寶玉的書包打開來，一一指給他看：「這是外套，天冷的時候，記得穿上。你的手爐和腳爐，我也已經交給小書僮了。天氣這麼寒冷！這些暖爐，你可得拿出來用，記住了嗎？」賈寶玉一面答應著，一面出門去向老祖母和父親、母親辭別了。

當寶玉來到父親的書房裡，他父親立刻大發脾氣，罵道：「你說你要去上學？我看你還是去玩算了！不必讀什麼書了！一提起讀書，我都替你害臊！」賈政身旁的一位門客過來替寶玉說話：「老爺不要生氣！寶玉這幾年愈發成長了，你看他已經不是從前那個小孩童了，只要再多加把勁兒，將來一定可以成材的。」另一位門客也趕緊接著說道：「是啊，是啊！如今天色不早了，還是快讓他去上學吧。」

可是賈政就是不放心，他對著門外大聲問道：「是誰送寶玉去上學的？給我進來！」隨即有四個高大的保鑣走了進來，向賈政老爺行禮。老爺看到其中一位是寶玉奶媽的兒子李貴，便叫他上來問：「你們跟著他去上學，都學了些什麼？我看書是沒念到幾句，倒是學了一肚子淘氣的本領！改天我真得好好修理你們一頓，你們才知道要長進！」

李貴嚇得雙膝跪下，苦苦哀求說道：「啟稟老爺，寶玉已經念到第三本《詩經》了！是真的！我們聽他朗讀過，什麼：『呦呦鹿鳴，荷葉浮萍』，小的不敢撒謊！」李貴這一說，滿屋子裡的先生們都哄堂大笑起來！原來這是《詩經・小雅》的一首詩：「呦呦鹿鳴，食野之蘋，我有嘉賓，鼓瑟吹笙。」那意思是說，在郊外的野草地上，小鹿兒正在一邊鳴叫，一邊吃草。而尊貴的賓客從遠方來訪，主人正帶著樂隊吹奏隆重的音樂來迎接嘉賓。在賓主相聚的熱鬧場面中，雙方都很優雅地互贈禮物，於是主人擺下酒席來款待賓客，在宴席上，大家都彬彬有禮，很有教養，表現出貴族人家生活中祥和與安樂的美好氣氛。

如今這首優雅的詩，卻被李貴說成了不倫不類的「荷葉浮萍」！難怪眾人要哈哈大笑了！不過李貴這麼一搞笑，可替賈寶玉解了圍，他終於被父親放行，可以好好地進學堂了。其實學校離家很近，這是他們賈府這個大家族的族人們合力興辦的一所私立學校，大家說好了，家族裡有做官的人，每年提供一些銀兩來辦學，再聘請家族中有學問的老先生來擔任校長，賈寶玉就讀的就是這所學校，因此同學之間很多都是親戚。

在這些親戚中，賈寶玉最喜歡的是他姪媳婦的弟弟，名叫秦鐘。秦鐘也很欣賞寶玉！所以他們倆天天在學校裡同來同往，同起同坐，就像親兄弟一般地感情深厚。論輩分的話，秦鐘應該稱寶玉為叔叔，可是寶玉對秦鐘說：「我們兩人一樣的年齡，又是同學，你以後不必再叫我叔叔了，我們就以兄弟朋友相稱吧！」

原本他們倆人這麼要好，是不關別人的事，可是班上偏偏有幾個調皮的學生，看秦鐘長得很可愛，皮膚白白淨淨的，說起話來，還會臉紅害羞！又見到賈寶玉在全班同學面前，只對秦鐘一個人好，只和他一人交朋友，於是就興起捉弄他們兩人的念頭！那為首惡作劇的學生就是人稱「呆霸王」的薛蟠。薛蟠平時經常請假，藉故不來上學，讀書也是三天打魚，兩天晒網，全然不把心思放在書本上！每學期白白繳了學費，卻一點學習成效也沒有。而且平常很喜歡拉攏一些年紀小的孩子們，給他們零用錢和餅乾糖果，於是這些得到好處的小孩子們便跟在薛蟠的屁股後面跑。

有一天薛蟠發現，班上每個人都巴結他，唯獨寶玉和秦鐘，他們兩個是那麼地要好，卻都不把他放在眼裡！其實薛蟠心裡也很喜歡他們兩個，想和他們接觸。而寶玉卻挺喜歡薛蟠身旁的兩個長得可愛的小朋友，他們的綽號分別是「香憐」和「玉愛」。只可惜他們倆人也已經被薛蟠以糖果餅乾收買了。因此寶玉和秦鐘便經常偷偷地傳遞紙條，或投出一個微笑的眼神給這兩個小朋友。而班上的小孩，每每偷看到這一幕時，都會互相擠眉弄眼，故意笑出聲來，或咳嗽一下，表情甚是滑稽！

有一天，賈代儒校長家裡有事，提早離開了學校，他出了一句七言對聯，命學生們對完句子才能下課，又叫他的孫子賈瑞當班長，好好管理班級秩序。老師離開教室不久，秦鐘就趁機先對香憐和玉愛眨眨眼睛，他們三人便到廁所裡去聊天了。秦鐘問他們：「你們是哪家的孩子？能不能跟我交朋友？……」這話還沒說完，只聽見背後有人重重地咳嗽了一聲！把他們三個嚇了一大跳！

你知道這個在後面咳嗽的人是誰嗎？是不是他引發了一場教室裡的混戰呢？後面的故事非常精彩！我們下回再說。

六、賈寶玉在學校裡打架！

還記得我們上回提到廁所裡有個神祕人嗎？原來他一直偷偷地跟蹤秦鐘、香憐和玉愛，還以重重地咳嗽聲來嚇唬人！當時秦鐘等人回頭一看，竟然是平時班上最喜愛打架鬧事的金榮。香憐很不喜歡他，因此兇巴巴地問道：「你咳什麼？難道我們不能在這裡說話嗎？」金榮冷冷地對他們三人低聲說道：「我早就看見你們鬼鬼祟祟的，不知道在這裡做什麼見不得人的壞事，要我不說出去也可以，你們的好處要分我一份才行！」

秦鐘和香憐、玉愛氣得不得了！急忙辯解：「我們哪有做什麼壞事？你別胡說！」可是金榮卻一口咬定秦鐘等人有不法的勾當，於是進一步逼迫這三個人：「你們這下子可被我抓到把柄了！別以為逃得了！」秦鐘等人說不過金榮，於是決定去向班長賈瑞告狀。沒想到賈瑞卻站在金榮這邊，斥責了香憐一頓！如此一來，金榮愈發得意了。到處對人說秦鐘和香憐、玉愛一起在廁所做了見不得人的壞事。這樣惡毒的流言一傳十，十傳百，又傳到了另一個叫做賈薔的人那裡。賈薔是個外表聰明，內在很有心機的孩子，他是站在秦鐘這一邊的，也知道秦鐘很善良，不會做壞事，因此賈薔很看不慣金榮滿口亂說，於是就想要替秦鐘打抱不平。

賈薔一心盤算著：「金榮和賈瑞是一國的，他們背後的靠山是財大氣粗的薛蟠。雖然我也和薛蟠要好，可是我如果去和呆霸王說這件事情，他未必會站在秦鐘這邊，萬一他要是也跟著瞎起鬨，那秦鐘就更慘了！」賈薔想來想去，想出了一個辦法，那就是利用賈寶玉偏愛秦鐘的這個弱點，想辦法讓金榮和賈瑞都吃點苦頭。

於是他假裝要去廁所，出了教室就直接跑到校門口來找寶玉的書僮茗煙。他把茗煙叫到一個僻靜的巷子裡，故意加油添醋地告訴他，寶玉在學堂裡被人欺負了，而且受了委屈也不敢聲張。這茗煙聽得火冒三丈！沒想到有人敢欺負他的小主人，他要不給這些人一點厲害瞧瞧，他們可都要爬到寶玉的頭上去了！茗煙當下心意已定，又有賈薔助著他，便二話不說，衝進學堂的教室裡來，指著金榮破口大罵：「姓金的！你是什麼東西？！」

賈薔在茗煙的背後，眼看著他就要鬧事了！於是悠悠哉哉地收拾起書包，淡淡地對班長說道：「我的功課已經做完了，今天家裡有事，我先回家去了。再見！」賈瑞聽他這麼說，也不敢留他，只能讓他回去了。這一頭茗煙接著大吼道：「姓金的，你說的那些難聽的話，是指誰？你要是好小子，就出來動一動你茗大爺！」茗煙這一吼，嚇得全班學生個個目瞪口呆，賈瑞也呆了一會兒，才忽然想起自己可是班長呢！因此出聲嚇阻道：「茗煙，不得撒野！」

那金榮也被提醒了似的，氣黃了臉說道：「反了！反了！我不和你計較，我只向你的主子討回公道！」說著便伸手來抓寶玉，就在他伸手的這一刻，說時遲，那時快，有一件東西突然從茗煙的腦後「嗖」的一聲飛過來！大家定睛一看，才發現竟然是一塊硯台！也不知道是誰扔出來的，差點打到他的頭。可是雖然沒有打到他，卻不偏不倚地砸中了賈菌的座位，賈菌平時也是淘氣異常、膽子又大的人。如今他看到有人暗中幫助金榮來打茗煙，雖然沒有打著，硯台卻落在他的桌上，硬生生將一個裝墨水的瓷瓶打破了！那墨汁潑濺得賈菌滿臉都黑了！賈菌因此氣得大罵：「好傢伙！這不都動了手了嗎！」他隨即也抓起自己的硯台要砸回去，幸好旁邊的賈蘭抓住他，勸解道：「別這樣，不關你的事嘛！」可是這賈菌終究氣不過，還是抓起一匣子書來，朝硯台飛來的方向扔過去！只是他個子很小，力氣也不夠大，書飛到一半就掉下來，剛巧落在寶玉的桌上，將毛筆、硯台砸飛了不說，還將寶玉的茶杯當場擊得碗破茶流。賈菌卻還不罷休，勢必要抓住那個砸硯台的人來打一架！

此時金榮不知從哪裡抓來一枝大竹棍，在教室裡使勁地揮舞！然而因為教室空間狹小，大竹棍一下子就打到了茗煙！茗煙大聲一喊，將寶玉的其他三名小書僮都叫了進來，這三個分別是鋤藥、掃紅和墨雨。他們的淘氣可都是比茗煙有過之而無不及的！墨雨進了教室，大喊一聲：「可惡！都動了兵器了！」他於是到門邊去拔下門閂，掃紅、鋤藥的手上原本就有馬鞭子，於是三人會合了茗煙，一齊蜂擁而上！賈瑞忙急忙攔了這一個，又去勸那一個，竟沒有人願意聽他的話！

這時，整間教室大亂！頑童們紛紛以打架助拳為樂，大夥兒站到桌上拍手亂叫，吆喝著喊打！整間屋子幾乎要沸騰起來了！

賈寶玉他們班上的這一架，打得是昏天暗地、日月無光！好幾個人都受傷了！

有的額頭破了，有的眼睛腫了。那麼你猜，這些小孩子們打了架之後，還會來上學嗎？還會彼此交朋友嗎？我下回再告訴你。

七、賈寶玉的好朋友

請問大家在學校裡，有沒有好朋友呢？你喜歡你的朋友怎麼對待你？如果想和某個人交朋友，你會選擇在什麼樣的情況下和他開始說話呢？

在《紅樓夢》裡，賈寶玉有許多好朋友，像是：蔣玉菡、柳湘蓮、秦鐘，以及北靜王水溶。尤其是水溶，他不但是一位英俊帥氣的小王爺，而且還會寫詩和畫畫，聽說他的朋友們也都是很有名的藝術家呢！不過，在水溶的心裡，最想結交的朋友，大概就是賈寶玉了。我們不知道他等了多久，才得到一個機會去和寶玉說話，然而一旦他們開始交談之後，兩人都立刻發現對方就是自己最投緣的夥伴。

說起他們開始交往的經過，實在非常有趣！因為水溶與寶玉初次見面，竟然是在一場盛大的喪禮上！而且死者還是一位比林黛玉、薛寶釵更美麗多情的奇女子，她的名字是秦可卿。秦可卿的死，實在令寶玉心生無限的悲淒與懷念！不過就在這個悲傷的時刻，賈家的僕人突然來稟報：「北靜王前來弔喪。」於是寶玉的父親賈政連忙過去迎接。只見這位小王爺坐在轎子裡，很謙遜而且有禮貌地慰問喪家，然後便向賈政打聽道：「府上有一位出生時，嘴裡啣著一枚寶玉的公子，如今在哪裡呢？我時常想著要見見他，但是平常實在太忙了，總是撥不出空來，今天我可以和他見一面嗎？」

賈政聽說後，連忙去叫寶玉過來。事實上，不僅是北靜王聽說過賈寶玉，那賈寶玉平常在與好朋友聊天時，也經常聽大家提起這位年輕王爺是如何地才貌雙全、風流瀟灑！只可惜總是無緣相見。沒想到北靜王今天會藉著弔喪的機會，親自來召喚他！賈寶玉此時真可說是喜出望外呀！他趕忙走向轎子，只見小王爺端坐在轎內，他的氣質竟是如此高雅！而且相貌也相當地俊逸！這一天，王爺身上穿著坐龍白蟒長袍，腰上繫著紅玉綴成的腰帶，頭上戴著純銀的王帽，臉龐彷彿無瑕的美玉，而雙眼燦爛地就像天上的明星！賈寶玉忍不住在心裡想：「難怪他這麼有名，果然儀表不俗啊！」

當寶玉正要拜見北靜王的時候，王爺卻從轎內伸出手來挽住了他的臂膊。這時北靜王也才近距離地看見那傳說中的賈寶玉。寶玉這日戴著純銀的束髮頭冠，額頭上有一條雙龍出海造型紋飾的髮帶，身上穿著白色窄袖的蟒袍，腰上繫著綴滿珍珠的腰帶，臉色紅潤得如同春天的繁花，而眼珠漆黑，就像是點了明亮的油漆！北靜王禁不住讚嘆：「名不虛傳啊！果然如『寶』似『玉』！請問你出生時，口中銜的那塊玉在哪裡？」

當賈寶玉將他隨身佩帶的通靈寶玉掏出來的那一刻，北靜王水溶終於滿足了他長久以來的好奇心。水溶很仔細地觀察著那塊玲瓏剔透、五彩晶瑩的美麗石頭，並且為其巧奪天工而讚嘆連連！同時他很驚訝地發現，這塊美玉上還刻了古文字，意思是可以消災、驅邪和除病。這使得他更為好奇了，於是問道：「這玉上所刻寫的字，靈驗嗎？」賈政連忙恭敬地回答：「因為還沒有測試過，所以不知道。」

北靜王於是滿口稱讚這塊玉很稀奇，同時將裝飾通靈寶玉的流蘇整理好，親自為賈寶玉戴上，一邊很親切地問他：「你今年幾歲？平時喜歡讀什麼書？」然後就在賈寶玉回答的同時，他靜靜地觀察賈寶玉的表現和談吐。最後他斷定這個人是可以交朋友的對象，於是對賈政說道：「令郎真乃龍駒鳳雛啊！不是小王說話唐突，我認為他將來的前途不可限量，成就可能會超過你哦！」賈政連忙陪笑說道：「小犬能夠得到您的稱讚，真是莫大的榮幸！」

接著水溶又說：「不過有一件事，我得提醒你，像你我這樣的人家，差不多都是由老夫人和夫人來管孩子。有這麼漂亮、聰明的小孩，奶奶和媽媽自然是寵愛有加。可是太過於溺愛，很可能會使孩子荒疏了學業。如果說令郎在家不能靜下心來好好讀書，不妨經常到我家來。我雖然資質平庸，卻結交了許多國內外著名的學者和藝術家，如果寶玉常到我家來，就能親近那些名士和學問好的人，這樣多少也會有些進益的。」賈政聽了，躬身答謝。

臨走時，水溶又將手腕上的一串念珠卸了下來，送給寶玉，他說：「我們今天初相見，倉促之間沒有帶什麼好禮物，這串念珠是前天皇上親賜的香珠，我轉送給你，就當作是見面禮吧！」賈寶玉連忙恭敬地接受了，然後與賈政一同謝過北靜王，並恭送他離開。

此後，寶玉經常受到北靜王的邀請去他家裡作客。直到有一天，北靜王過生日，寶玉的大伯父賈赦偕同他父親賈政帶著賈珍、賈璉、賈寶玉等幾個孩子，一起到王府送禮祝賀。那小王爺看到別人都還沒有什麼感覺，唯獨見了寶玉，便十分地高興！他拉著寶玉的手問道：「好久不見了！我很惦記著你呢！……還有，你那塊玉好嗎？」賈寶玉鞠躬說道：「託王爺的福，我和我的玉都好！」

王爺點頭微笑道：「今天你來我家，我這裡也沒什麼好吃的東西請你。不過至少我們可以說說話，這反而比較有趣！」說著，他果然就叫大家都去餐廳用餐，而單獨留下寶玉來說話。他們彼此談著最近讀了什麼有趣的書，又寫了哪些詩和文章。王爺請寶玉喝茶，一直聊到開飯時間，他又單獨請寶玉到一所極小巧精致的院落裡，清清靜靜地享用專門為他一個人所準備的精美餐飲。

吃過飯後，北靜王突然笑著說：「我上回見到你的那塊通靈寶玉，印象非常深刻！回家以後，就命我們府裡的工匠也做個一模一樣的來配戴和把玩。你今天來得正好，這個一模一樣的通靈寶玉，就送給你玩吧！」說完，他親自將玉交給寶玉，然後命僕人送他回到賈政身邊。

我們試想一下，當寶玉收到那個一模一樣的通靈玉時，他心裡會有多麼地感動啊！那北靜王水溶一定是非常喜歡賈寶玉，才會送他這麼特殊的禮物。今後我們對待朋友，應該要像《紅樓夢》裡的水溶那般，更用心，也更珍惜友誼。相信我們都能夠找到一生中最值得交往的好朋友！

八、大觀園蓋好了！

你知道賈寶玉的大姊在宮廷裡當皇貴妃嗎？還不僅如此噢！皇上因為寵愛賈貴妃，特別讓她在元宵節當天回娘家省親呢！這樣一來，賈寶玉的一家人就可以團圓了！

這個故事是這樣開始的。那日剛好是賈政的生日，全家人聚集在一起，歡度慶生會，有戲臺、有酒席，真是非常地熱鬧！可是就在這個時候，突然有一位大太監，帶著眾多小太監來到賈家的大門口，賈政等人不知太監為何而來，全家人都嚇得不知所措！連忙停止正在舞臺上演出的戲曲，又撤掉了酒席，然後恭恭敬敬地打開中門，迎接大隊人馬進來。

接著，大家看見夏太監滿臉笑容地傳達了聖旨，他說道：「皇上宣賈政入朝！」說完之後，竟然連茶也不喝一口，就騎上馬，揚長而去了。賈政只得趕忙穿上朝服進宮見皇帝。而家裡的老太太等人都摸不清楚究竟發生了什麼事，於是每個人心中都感到惶惶不安！

大約又等了三、四個小時，賈府的管家才來報喜：「請老太太帶領太太們進宮謝恩吧！」賈母便問管家：「究竟是什麼事？」管家說：「小的聽說我們家大小姐已經被皇上封為賢德皇妃，所以請您盡速到宮裡去謝恩。」

賈母聽說之後，才放了心，隨即又滿臉喜氣洋洋地接受眾人的道賀。家族的婦女們也都趕忙穿上了禮服，乘坐大轎子，一起前往宮廷去了。其餘的家人們也都欣然愉悅，每個人臉上洋溢著歡笑，而且聽說大小姐要在過年期間回家探望祖母和父母，賈家於是開始動工興建省親別墅——大觀園，預備接待貴妃娘娘。

賈政聘請著名的設計師山子野先生來規劃大觀園的建築群，在一番精心打造之後，美輪美奐的省親別墅終於落成了。賈政於是帶著家人在過年之前來到園裡驗收工程。我們來看看賈政是怎麼品味大觀園的。首先，他讓僕人將大門關上，好讓他仔細欣賞整座花園的外觀。原來省親別墅是一幢擁有五扇正門的大宅，在高大的雪白水磨石牆上，開了許多扇精緻的小窗，而且每一扇窗子的造型都不一樣，個個都很時尚！很新穎！賈政覺得很滿意。於是叫人把門打開。可是沒想到，一開門便有一堵高牆擋住了所有人的視線！

其實啊，那是一座人造的假山。賈政明白了之後，便對家人們說：「有這樣的一座山，可以將園子裡的景色暫時遮掩住，否則我們一進來便將所有的景致都看完了，那還有什麼意思呢？」大家都笑著附和道：「說得對，說得對。這位建築師真是有眼光啊！」然後，賈政有心考考寶玉的文學才華，於是命寶玉在這座白石假山上題個匾額。賈寶玉想了一下，便想到唐詩裡有一句：「竹徑通幽處，禪房花木深。」於是對他爸爸說：「我想用古人的話改動一下，將這一帶取名為：『曲徑通幽處』，看起來倒還大方，也不雕琢。」

眾人一聽，都拍手稱讚，賈政不好意思當著大家的面直接誇獎自己的兒子，於是要他再想想看，有沒有更好的句子？然後，大家一邊說話，一邊走進假山的石洞裡。沒想到這裡面栽植了各種芳香美麗的奇花異草，而且在山石之間還有一道清水流瀉下來。再往前走，眾人抬頭已可遙遙地望見，掩映在這群山石和樹木的背後，有許多雕梁畫棟，以及飛翹的屋簷。此外，他們的腳底下則有一條清溪涓涓地流過，溪水邊緣又有白玉雕成的欄杆。那跨越溪水的橋上，還有一座環境清幽的涼亭。大家都想到了北宋文人歐陽修的〈醉翁亭記〉，文中有一句話：「有亭翼然。」所以他們希望給這座涼亭命名為「翼然」。可是賈政卻說：「這個亭子建在水上，應該要取個與水有關的名字比較適合。我想歐陽修既然說：『瀉於兩峰之間』，眾位看看，我們是不是用『瀉』字來命名？」於是陪伴在賈政周圍的多位文人當中，便有人提議用「瀉玉」這個名字。

可是寶玉卻提出了不同的看法，他說：「這個花園是為了迎接貴妃來遊賞的，用『瀉』這個字太粗俗、太不文雅了。」因此他建議將這座涼亭和底下的溪水命名為「沁芳」。這兩個字可是他自己創新的，不像先前那樣套用了古人的字句。小朋友，我們從賈寶玉為大觀園眾多景物命名的過程中，可以發現作文的方法就在於力求變化，你看他時而引述古人的句子，有時又大膽地創造自己的新語，如此才有變化，也可以說是既古典又有新意。

可是，在題扁額和對聯的過程中，寶玉竟然和他的父親大吵了一架！這真是令人心驚膽跳的一幕啊！事情是這樣的，原本大家和和氣氣地一邊說話，一邊觀賞花園，突然間，他們看到一堵矮泥牆，而牆裡種滿了豔紅的杏花，正好開得滿滿地，那些美麗的花朵都垂掛到圍牆外面來了！這幾百株杏花，就像在噴火，又像是晚霞，好亮眼啊！吸引得眾人不由自主地進到這座院落裡，到處逛逛。不久之後，他們看出來這其實是一座模仿鄉下人家的小農莊，莊上有桑樹、榆樹、木槿等一般村子裡常見的樹種。還有幾間小茅草屋，屋子前方有一個水井，屋子後面則是整整一大片的蔬菜園。

賈政好喜歡這裡，他說：「我時常想著，退休之後，能有這樣一個地方，讓我養老，那該多好！」眾人都說：「是啊！如果在這裡養一些雞、鴨、鵝，那就更像是農家了。」大家在這個院落裡，前前後後走一回，完全想像不到這裡竟然是富貴人家大花園中的一個小角落！可是賈寶玉並不喜歡這裡，賈政就罵他：「真是無知，你只喜歡美麗的豪宅，哪裡能夠欣賞這種清幽的環境呢？」

賈寶玉立即反問：「古人常說『天然』二字，爸爸知道是什麼意思嗎？」眾人連忙回答：「就是天生自然，沒有人為加工的意思嘛！」寶玉隨即回道：「這就對了！我們這裡是城中心，又不是鄉下，所以這個農莊不是人工的？是什麼？我們在不該出現田園的地方，勉強做出一處莊園來，那樣不是很做作嗎？」賈寶玉的這一番話，當然使賈政很沒有面子，所以賈政氣得要命！卻還是得維持做父親的自尊，同時又希望寶玉的才華能夠盡量地發揮出來。於是他只得按耐自己的脾氣，命寶玉在這個特別的地方題寫匾額和對聯。

讀者們是否發現了，身為父母，有時也很不容易呀！既得引導孩子學習和創作，又需要很大的耐心和時常壓抑自己的脾氣。不過，賈寶玉也沒有令爸爸失望哦，他為這個村莊題了一個很美的名字，叫做「稻香村」。

賈寶玉就這麼隨著他的父親和眾多文人，一路上欣賞這座美麗園林的風景，一邊為所到之處，題匾額和寫對聯。慢慢地，這座省親別墅的一山一石、一花一木，都在眾人的讚賞中，被仔細地檢視了一番，而大多數的亭台樓閣，也都取了別致新穎的名稱。那麼接下來，就等著元妃娘娘回家省親了。

九、大姐姐回娘家

今天我們一起來看看，賈家為了迎接大女兒元春在過年的時候，回家省親。他們究竟做了哪些準備呢？

首先，賈元春的母親幾乎每天都忙得不得了，花了好多時間，才將所有事物都準備齊全了。例如：省親別墅裡各處都得裝潢得美輪美奐，所以他們買了許多古董文物來擺設。此外，家人們還購買了許多鳥雀、家禽和小寵物，來放養在大花園裡，好讓園林各處都充滿了靈活跳動，又可以供人觀賞的可愛動物，包括了：仙鶴、孔雀、小鹿、兔子和雞、鵝……等等。

還有，為了要演戲給貴妃觀賞，賈府也派人到蘇州去聘請了專門演出崑曲的演員和樂團，並且排練好二十齣戲，等著貴妃回來的時候，可以隨意點選和觀賞。除了崑曲的小演員之外，賈府還聘來許多小尼姑與小道姑，這些孩子們也都學會了念誦佛教和道教的經文，以備年節期間賈貴妃誦經拜佛之需。賈政夫婦看到這一切都準備得差不多了，才略微放心。然後由賈政上奏皇帝，請求皇帝恩准明年正月十五日元宵節那天，讓賈貴妃回家探視父母。

皇帝答應了賈政之後，賈府全家人都感到興奮異常！而且時間過得好快！轉眼間，元宵佳節就快到了。從正月初八起，宮廷裡就派人先來賈府看視，他們在研究，等貴妃到來之後，應該在哪裡更衣？在何處休息？在什麼地方接受大家行禮？又在何處擺設宴席？……等一切動線都決定好之後，又有許多太監來指導賈府的家人們學習各式各樣的宮廷規矩，包括：宮中用膳的禮儀，以及如何向貴妃啟奏事項等等。所以這一個大家庭裡的人，在過年前幾乎天天忙碌不堪！

而且賈府大門外面的街道上，又有許多官員帶領工人們天天打掃街道，還要驅趕和盤查附近的閒雜人等。那貴妃的大伯伯賈赦還命家裡的大批工匠為今年這個特殊的元宵節，製作無數美麗的花燈，同時找人來準備施放盛大璀璨的煙火。就這樣，大夥兒一直忙到元月十四的夜晚，而這一夜，全家上下沒有一個人入睡。

第二天一早，也就是十五日的天色才剛剛亮，賈母就率領家族中人按照各自的身分等級，換上晉見貴妃的大禮服。與此同時大觀園裡到處都看得到天上蟠龍一般飄揚的錦繡彩帶，而且園中的許多門簾和窗簾，也都裝飾得就像飛翔在天空的彩色鳳凰。所有人們眼中可見的物件，無不金銀煥彩、珠寶爭輝！同時大家也都聞得到香爐裡飄溢出來芬芳濃郁的百合花香。此時，偌大的賈府，竟然非常地安靜！連一點咳嗽的聲音都沒有，可見他們的禮儀都學得很好！

到了晚間，大觀園各處都點起亮麗的燈燭來。此時，家人們忽然聽到太監騎馬過來的聲音，於是賈赦趕緊率領家族的子弟們站在門外的街道上，而賈母則率領家族女眷們一排排地站在大門口，準備迎接貴妃。就這樣，又等了好久，整條大街上靜悄悄的，一點聲音也聽不見。忽然他們看見一對紅衣太監騎馬緩緩的走來，來到西街門外，便下了馬，將馬趕出圍幕之外，然後垂手站著。過了一會兒，又來了一對，也是如此。不久之後，便來了十幾對太監都是一字排開，恭敬地站立著，此時大家便聽見遠處有樂隊奏樂之聲。而隨著音樂聲逐漸逼近，大家望見宮廷儀仗隊伍將許多旗杆上裝飾著彩色羽毛的大旗子，以及一把鳳凰黃金大傘高高舉起，向前行進。當這些隊伍走完之後，才是八個太監抬著一頂金頂金黃刺繡鳳凰的大轎子，緩緩地走來。賈母等人連忙在路旁跪下，而與此同時，有幾個太監已經飛跑過來，扶起賈母和諸位夫人，那金黃大轎子便於此時進入了賈府的大門。

等元春下了轎子，她立刻驚訝地看見院子裡掛滿了各式各樣的彩色花燈，晶光燦爛，華麗得就像置身在天堂一般！而且每一盞花燈都製做得非常精緻，然後她又上了轎子進入花園，此時園中香煙繚繞，花彩繽紛，處處燈光相映，耳中充滿了悅耳的聲響，真是說不盡的太平氣象，富貴風流，可是賈貴妃的心裡卻很難過，她默默地嘆息著，因為這一切實在太奢華浪費了！她看見花園中有一條清澈的河流，被裝飾得就向金龍一般發亮，而河岸兩邊的玉石欄杆上，則掛滿了水晶和玻璃做成的風燈，兩岸更是妝點得如同銀花雪浪一般。河岸上的柳枝、杏花都掛著用綢緞、綾羅、絹帛做成燈飾，每一棵樹上都懸吊著好多盞閃閃發光的花燈。

還有那河水中也出現了荷花、荇葉、水鳥和鷺鷥等等，然而仔細一看，才發現這些也都是螺蚌、羽毛之類的材質作成的水燈。當各種花燈一齊點亮時，整座大觀園真是上下爭輝，呈現出一個如同玻璃珠寶般燦爛奪目的世界。當貴妃聽說花園中每一個地方的匾額和對聯都是寶玉題寫的，心裡覺得非常開心！因為從前貴妃還沒進宮的時候，就非常疼愛她的弟弟，尤其是在寶玉才三、四歲，還沒入學的時候，貴妃就已經開始教導他學習認字了。這是因為他們姐弟倆的年齡差距比較大，所以元春就像個小媽媽一樣，牽著寶玉的手，教他念書和寫字。即使後來元春入宮了，也經常寫信來關心弟弟的情況。如今親眼見到寶玉能題匾額和寫對聯，也看到他長高長大了許多，心裡真是有說不出的高興啊！而當她面對祖母、父母和所有家人時，頓時內心竟止不住強烈悲傷的情緒，使得眼淚就像潮水一般湧出。

她一手攙扶著祖母，一手攙扶著母親，三個人心裡都有許多話要說，卻只是哽咽得說不出話來。而李紈、王熙鳳、迎春、探春和惜春等姑嫂姊妹們在旁邊圍繞著，也都只是掉眼淚，沒有一個人說得出話來。最後還是貴妃自己強忍住悲傷，笑著安慰祖母和母親，說道：「妳們當年既然決定把我送到宮裡去，就應該會想到將來大家恐怕很難再相見了。而如今好不容易可以回家和妳們聚一聚，大家不說說笑笑，反倒哭起來，等會兒我走了，又不知道將來還有沒有機會可以再回來……」說到這裡，她又忍不住哽咽起來。接著小太監出去帶領賈寶玉進來，寶玉先行國禮參拜元妃，然後元妃命他走近一點，並且牽起寶玉的手，一把將他攬在懷裡，又是撫摸寶玉的頭，又是揉揉他的頸子，還親暱地笑著說：「長高好多呦……」一語未了，元妃再度淚如雨下。

看來，古代的大官員們將女兒送入宮廷，畢竟不是一件值得開心的事。因為這些貴族女子反而比不上那些小家碧玉的女孩，有些窮苦人家的女兒，出嫁後，還可以時常回娘家探望父母和親人，隨時享受天倫之樂。如今賈府雖然富貴逼人，卻必須割捨骨肉親情，這怎不教人痛斷肝腸呢？

十、我們迷路了！

大家走過迷宮嗎？當你在迷宮裡面繞來繞去，不知道何時才能走到盡頭，那時候心裡是甚麼感覺呢？也許有人覺得很刺激，也許有人覺得很迷惑，還有許多人害怕沒有安全感……。但我覺得這就是人生的隱喻，也就是說，在我們的生活裡，很可能常常都不知道未來會如何？接下來會遇到什麼？有時候也會在心裡嘀咕著：能不能順利通過下一次的關卡和試煉呢？

但是如果你知道，賈寶玉所居住的怡紅院，本身竟然就是一座迷宮！你會不會很驚訝？如果再繼而一想，曹雪芹這樣的寫作和設計，會給我們帶來怎樣的感觸與體會？這不也很有意思嗎？讓我們先從賈寶玉初進大觀園的那一天說起吧。

當初寶玉隨著父親與眾文人進來驗收剛剛落成的省親別墅，他們一路行來，看到了許多清堂、茅舍、石牆，也有布滿藤蔓編花的窗牖；更有那山林間僻靜的尼庵佛寺。有一會兒，他們沿著長廊曲橋遊逛，遠處望見一座座抱廈和涼亭，但實在沒有力氣走進去，一一參觀了。畢竟大觀園太大，他們走了一段路之後，大家都覺得腿酸，希望找個地方歇息。

就在這個時候，他們看到前面露出一所院落來，賈政很高興地對大家說：「到此可要進去歇息歇息了。」一說著，引領眾人繞過碧桃花，穿過一層竹籬花障編鋪而成的月洞門，映入眼簾的是粉牆環護，綠柳垂墜，頓時令人心曠神怡！賈政與眾人一起走進去。大家一進到這座院落裡，立刻看見兩旁都有環繞屋宇的遊廊。院中點襯幾塊山石，主屋的一邊種著數棵芭蕉，另一邊則是一株上等的西府海棠，這株海棠花的形狀像一把大傘，翠縷垂絲，而且樹上開滿了嬌紅艷麗的花朵。眾人都稱讚道：「好花，好花！從來也沒見過這麼漂亮的海棠！」

賈政知道這是一株尊貴的海棠品種，他對大家說道：「這叫作『女兒棠』，乃是外國的樹種。聽說出自『女兒國』，而且是那個國家最好的一種海棠，只是不知道傳言是不是真的？」眾人聽說之後，都笑道：「雖然都說是傳言，但為何這『女兒棠』的名稱會流傳得這麼廣？」這時賈寶玉說話了：「大概是騷人墨客，因為看到這種海棠花的顏色紅暈得就像女孩兒臉上的胭脂，而這種樹所延伸出的枝幹與姿態，又很纖細輕盈，彷彿女孩子嬌弱的模樣，所以就取了個名字，叫『女兒棠』了。後來民間以俗傳俗，以訛傳訛，於是大家都以為真的有個女兒國，國裡出產女兒棠了。」眾人聽了寶玉的解釋，覺得蠻有道理的。

這時候大家一面說話，一面往院子裡走，然後都在迴廊外抱廈的涼榻上坐了下來。賈政問眾人：「先生們想幾個新鮮字眼來為這所院落題個匾額吧！」於是有一清客說道：「『蕉鶴』二字最妙。」又有一位說道：「『崇光泛彩』比較好。」

賈政與眾人都覺得：「『崇光泛彩』比較好。」但是寶玉卻說：「唉，可惜了！」大家問他：「你說可惜是甚麼意思？」寶玉隨即向這些大人們道：「這個院落裡，有翠綠的芭蕉和豔紅的海棠兩種植物，在視覺上就有『紅』、『綠』兩層強烈的色彩相互輝映著。如今只說『蕉鶴』，那麼海棠之美，就沒有題詠到了；但如果只說海棠，那芭蕉也沒了著落。所以我認為，大門上的匾額應該題：『紅香綠玉』四字，才能兩全其妙！」

賈政馬上搖頭說：「不好，不好！」然後引著大家進入室內。只見這幾間房內整理得與其他亭臺館舍都不相同，它的隔間有一種獨特的層次感，給人重重疊疊、參差錯落的視覺效果，因此大家竟分不出這裡究竟有多少層間隔！大家知道這麼迷離夢幻的效果，那建築設計師是怎麼做到的嗎？原來這座院落的室內空間到處都用雕空玲瓏的木板來做隔間。而這些隔間木板上所雕刻的花樣，每一片都不同，有仙氣飄飄的雲朵和代表祥瑞的蝙蝠造型的透光雕花板，稱為「流雲百蝠」；也有松、竹、梅造型的「歲寒三友」圖，還有許多山水人物，翎毛禽鳥、各式各樣花卉集錦，以及卍福卍壽等美麗繁複的雕花紋樣，而且這些雕刻作品，每一件都是出於名家手作的精緻藝術品。

還不僅如此哦，這些透光雕刻的隔間木板，在設計師的巧思下，往往在鳥禽動物、花朵蕊心、植物葉片等地方，精工鑲上五彩晶瑩的美麗寶石，像是：古珊瑚、祖母綠、紅寶石、翡翠、水晶、雲母等等。甚至有些隔間板還設計成可以讓人裡外兩面觀賞的置物櫃，讓未來的主人翁可以將自己喜愛珍藏的善本書、青銅鼎、名貴硯台、毛筆、景泰藍、青花瓷、鬥彩、汝窯等花瓶、盆景安置其間，讓人驚嘆於左右照映、前後對看、裡裡外外層次豐富，處處顯得精緻華美，令人賞心悅目！

因此這樣的隔間設計真堪稱花團錦簇、剔透玲瓏啊！此時眾人一轉眼又看見好幾扇色彩繽紛的輕紗小窗；一會兒又瞧見彩綾輕輕掩覆著一處幽幽的隱密空間，那可能是一間臥房。而且這間屋子裡，竟然滿牆滿壁都是根據各種古董玩器的特殊形狀所設計成的儲物櫃。因此，未來的主人可以將古琴、寶劍、懸瓶、桌屏之類的物件，鑲置在牆壁上。眾人於是目不轉睛，嘆為觀止！人人都稱讚道：「好精緻啊！那設計師是怎麼想出來的呢？！」

就在大家前前後後，走來走去到處驚訝讚嘆地觀賞此處的室內裝潢時。賈政等人突然發現自己已經迷路了！他們個個都有點受到驚嚇，突然有人開口說：「從這裡走吧。」可是一夥人走過來，還沒進到第二層，就發現這裡剛剛已經走過了！眾人在迷路的當下，左瞧也有門可通，右看又有窗暫隔，及至到了跟前，又被一架書櫃給擋住，回頭一看，怎麼又出現了明透窗紗？而且不遠的前方還有門徑可行，可是一旦來到這個門前，卻忽然見到迎面也進來了一群人，並且都與自己的形相一模一樣！啊！原來是一架超大的玻璃鏡啊！而且這面大鏡子竟如同現代都會摩登大樓的旋轉門，可以三百六十度旋轉呢！等大家轉過鏡子，才發現不得了！

眼前竟然有無數的門！此刻究竟該往哪裡去呢？

幸好這時賈珍笑咪咪地說道：「老爺，請隨我來。從這門出去，便是後院；從後院出去，也是可以的。」雖然如此說，可是大家又轉過兩層紗櫥錦繡的雕花隔間，才看到一扇門可以出去。大家先別高興哦！因為打開門之後，賈政等人又被院子裡一架種滿了薔薇、玫瑰、寶相的花牆給擋住了！等大夥兒轉過花牆，又發現腳下有青溪阻擋！根本不能通過。眾人簡直詫異莫名：「請問這股水又是從何處而來？」賈珍遙指遠方回答道：「從那水閘流到那邊洞口，然後自東北山坳裡引到那村莊上，又開了一道岔口，引到西南方，最後再匯流到這座院裡來，所以幾支分流仍舊合在了一處，最後從那邊的院牆下流出去。」

眾人聽了，都讚嘆：「神妙之極！」說著，忽然又見到一座大山阻擋在眼前，眾人都驚慌失措得不得了！「完了，又迷路了！」賈珍還是一派輕鬆地笑道：「放心吧，隨我來。」於是由他走在前面做導引，眾人便都緊緊跟隨他，但是沒想到他僅是由山腳邊簡單地轉個彎，眼前突然看到一條平坦寬闊的大路，然後更令人驚奇的是，此時眼前出現了剛剛大家一起走進來的那座大門！眾人此時根本忘了疲憊，每個人都驚訝地讚嘆道：「有趣，有趣，真搜神奪巧之至啊！」

大家知道這麼神奇的一座迷宮院落，到底是什麼地方嗎？原來它就是未來賈寶玉會搬進來住的新家——怡紅院。而那塊眾人有爭議的匾額，最後是怎麼定稿的呢？原來賈寶玉的大姊姊回家省親遊賞之後，也很喜歡這裡，所以就根據賈寶玉的說法：「紅香綠玉」進一步修改一下，變成了「怡紅快綠」，後來人們根據這塊匾額上的題字，簡稱此處為「怡紅院」。當年大姊姊返回宮中，不久之後，便將怡紅院賜給賈寶玉居住。所以這麼複雜的一座迷宮，就成了賈寶玉的居所了。

至於日後賈寶玉是怎樣迷失在人生的道路上？有關他的成長歷程，好像是呼應了這傳說中既迷人又叫人迷惘的住所。這麼神祕的話題，讓我慢慢說給你聽。

十一、老鼠大王升堂囉！

我知道你喜歡聽故事，但是不曉得你會不會編故事？在《紅樓夢》裡，賈寶玉可是一位編故事的高手哦！而且他最擅長的就是在生活中取材，然後靈機一動，即興之間，就能說出一個好故事來！

話說有一天午後，寶玉來到黛玉房裡，卻見到黛玉正在床上歇午覺，寶玉掀開軟繡簾，走近黛玉床邊，推著她說：「好妹妹，剛剛才吃了飯，別緊接著睡覺啊！對身體不好的！」林黛玉被喚醒了，睜開眼，看見是寶玉，便說道：「你且出去逛逛，我前兒鬧了一夜，今兒還沒睡夠呢，現在渾身酸疼！」寶玉勸解道：

「酸疼事小，若是睡出病來，事情就大了！快起來吧，我替妳解解悶兒，撐過睏意就好了。」

那林黛玉只管閉著眼說道：「我不睏，只略歇歇兒，你先到別處去玩一玩，等會兒再來吧。」寶玉又推她一把：「我不要！叫我往哪裡去呢？我見了別人就怪膩的！」黛玉不禁嗤的一聲，笑道：「你既然這麼想要待在這裡，那就老老實實的坐到那邊椅子上去，咱們說話兒。」寶玉道：「不要，我也要像妳一樣躺著。」黛玉無奈：「好吧，你就躺著吧。」寶玉又說：「我沒有枕頭，怎麼躺？」黛玉只得勉強睜開眼睛，起身笑著說道：「真真你就是我命中的天魔星！就請枕這一個吧！」說著，將自己枕頭推給寶玉，然後再拿一個枕頭來用，於是二人終於面對面躺下來說話了。

這時因為近距離的關係，黛玉看見寶玉左邊臉上有一塊鈕扣大小的血跡，於是她便湊得更近些，再用手摸一下，然後問道：「這是誰的指甲把你的臉劃破

了？」寶玉躲開黛玉的手指，一面笑道：「不是劃的，是剛才幫姊妹們做胭脂膏的時候，不小心濺到臉上的。」黛玉聽說了，便用自己的手帕替他擦了。然而就在這個時候，寶玉聞到黛玉袖子裡傳來一股幽香，這香味真足以令人陶醉到忘了自己身在何處！寶玉便將黛玉的衣袖拉住，要瞧瞧袖子裡裝了什麼東西。黛玉覺得很好笑：「你什麼時候看見我帶了香袋兒呢？」寶玉想想也對，便又問道：「既然沒有香袋，那這香味是從哪裡來的？」黛玉想了半天，說：「我自己也不知道，可能是櫃子裡頭的香氣熏染的吧。」寶玉連忙搖頭：「不是，不是。這香味很特別！絕不是一般的香餅子、香球子和香袋兒的香。」黛玉笑道：「難道我也像寶姐姐一樣，有什麼羅漢真人給我些奇香不成？就是得了奇香，也沒有親哥哥弄了些花兒、朵兒、霜兒、雪兒替我炮製啊。我有的不過就是些俗香罷了！」寶玉抓到了黛玉小心眼的話柄，立刻說道：「每次我說一句什麼，妳就拉扯出一堆諷刺人的話來。我今天若是不給妳個厲害瞧瞧，我看是不行了！」說著翻身起來，在兩手上呵了兩口氣，便伸向黛玉的膈肢窩內來騷癢！

那黛玉素來最怕癢的，見寶玉兩手伸過來，便笑得喘不過氣來。口裡只說：「寶玉！你再鬧，我就生氣了！」寶玉只得住了手，笑著問她：「妳以後還說這些話不說了？」黛玉笑道：「再不敢了。」她一邊理理鬢髮，一邊又躺下，將手絹兒蓋在臉上。寶玉便開始有一搭沒一搭的和她說些話，問她記不記得是幾歲來到榮國府的？當年在路上可曾見過什麼景致？老家揚州有什麼名勝古蹟啊？黛玉總是不回答。寶玉怕她又睡著了，便突然大叫道：「噯喲！妳們揚州衙門裡最近有一件大新聞，妳可知道嗎？」黛玉見他說很鄭重，表情又嚴肅，只當是真事，於是問道：「什麼新聞？」寶玉見黛玉信以為真了，便忍著笑，順口編了個故事說道：「揚州有一座黛山，山上有個林子洞。」黛玉立刻反駁：「扯謊！自來也沒聽見過有這座山。」寶玉仍然一本正經地說道：「天下的山水多著呢！妳哪裡都知道？等我說完了，妳再批評嘛。」

於是寶玉便繼續編故事：「林子洞裡住著一群小老鼠精，有一年臘月初七老鼠大王升堂，說道：『明天就是臘月初八了，世上的人都要煮臘八粥，可是，我們的洞裡缺少多樣果品，必須趕快補齊才好。』接著拔出一枝令箭，派遣了一隻能幹的小老鼠出去打聽打聽。很快的，那小老鼠就來回報，說道：『啟稟大王，我到各處去打聽了，現在只有山下廟裡的果子和大米最多！』老鼠大王便問：『這廟裡的果子有幾種？』小老鼠精神抖擻地回答：『那廟裡真是米豆成倉啊！果實一共有五樣：一是紅棗，二是栗子，三是落花生，四是菱角，五是香芋。』老鼠大王聽了很高興！立即拔了一枝令箭，問：『誰去偷米？』一隻小老鼠便接令箭，前去偷米。接著又拔出令箭問道：『誰去偷豆？』又一隻小老鼠接了令箭去偷豆。然後一一的都各領了令箭出去。最後只剩下香芋還沒有著落。於是老鼠大王又拔出令箭來問：『誰願意去偷香芋？』許久之後，只見一隻極小極弱的小老鼠出來回應道：『我願去偷香芋。』老鼠大王和眾鼠見他這樣瘦弱，恐怕他怯懦無力，所以不准他去。可是這隻小老鼠卻說道：『我雖年小身子弱，卻是法術無邊，口齒伶俐，深謀遠慮呢！所以我這一去，保證比其他老鼠偷得還巧！』

那眾老鼠都問道：『你有什麼方法能夠比他們偷得巧呢？』那小老鼠便說道：『我不學他們直接偷，我只搖身一變，也變成個香芋，滾在香芋堆裡，叫人瞧不出來，卻暗暗兒地搬運，漸漸的，也就全搬回來了。這不是比直偷硬取要來得巧嗎？』眾老鼠聽了，都說：『妙卻是妙，只是不知你怎麼變？要不你先變個香芋來給我們瞧瞧。』那小老鼠只說了聲：『變』，搖身竟然變成了一個最標致美貌的小姐來！眾老鼠忙笑他，說：『錯了，錯了！我們是要你變個芋頭，怎麼會變出個小姐來了呢？』那小老鼠又現回原形笑道：『我說你們沒見過世面，成天只曉得吃，卻不知鹽務官林老爺家的黛玉小姐才是真正的『香玉』呢！』」

林黛玉聽到這裡，恍然大悟！翻身爬起來，按著寶玉笑道：「我把你這個爛了嘴的！我就知道妳在編派我呢！」說著便要擰他的嘴。寶玉連連央告道：「好妹妹，饒了我罷，再不敢了。我因為聞見妳的香氣，忽然想起這個故典來。」黛玉笑道：「拿我開玩笑，還說是故典呢！」

賈寶玉的故事，讓林黛玉一會兒翻身起來玩，玩了之後又是一陣笑，果然她的瞌睡蟲就跑掉了。如此一來，黛玉晚間便不會失眠了。原來說故事也有益於身體健康哦！《紅樓夢》裡有更多精彩的故事，我們下回再說。

十二、激烈的桌遊

我想大家大概也和我一樣，很喜歡在放假的時候，找些同學、親戚、朋友們聚在一起玩桌遊吧！有時候這些比賽性質的遊戲，真的讓我們感到很興奮！很熱血！可是比賽總有輸贏，贏了自然很得意，但要是輸了呢？你會不會感到情緒低落？甚至埋怨他人呢？其實，玩桌遊之後，情緒的化解與平復是很重要的一種管理學哦！我們要是處理得不好，很容易導致後續人際關係的失調，甚至於惡化呢！就像《紅樓夢》裡的賈環，為什麼大家都嫌惡他？連他的親姊姊探春、二嫂嫂王熙鳳都對他搖頭。甚至於連他的哥哥賈寶玉還要罵他呢！這到底是怎麼回事呢？

讓我們來看看以下的故事。

話說賈府在農曆新年期間，學房裡放了年假，而閨閣女孩兒們也停下手邊的針黹工作。總之男孩、女孩都在休閑度假。這時賈環就過來找大家玩，正巧遇見了薛寶釵、香菱和鶯兒三人正在趕圍棋玩樂。賈環看見她們玩耍得好開心啊！於是提出要求：「我也要玩。」那寶釵素日看待環兒也如同看待寶玉一般，並沒有差別待遇，今兒聽說他也要玩，就立刻讓他上來，坐在一處玩。原來她們趕圍棋還下賭注的，一注是十塊錢。第一局，賈環贏了，他心中十分歡喜。誰知後來接連輸了幾盤，就開始有些著急！現在這盤正該自己擲骰子了，他想：「若擲個七點便贏了，若擲個六點也該贏，擲個三點就輸了。」

於是拿起骰子來用力一擲！其中一個骰子坐定了是「二」，而另一個卻還在那裡亂轉！鶯兒便緊張地拍著手叫：「么！么！么！」賈環也瞪著眼，喊：「六！」「七！」「八！」場面一時熱鬧起來，人人都在激情地喊著自己希望的數字。結果那骰子偏生轉出個么點來。這麼一來賈環就輸了！於是他一急，竟然伸手抓起骰子來，就要拿錢，而且硬說是個四點。鶯兒便說：「明明是個么！」寶釵見賈環急了，就瞪了鶯兒一眼，說道：「越大越沒規矩！難道爺們還賴妳？還不放下錢來！」鶯兒滿心委屈，見她們家小姐這麼說，所以也不敢再出聲，只好放下錢來，但是畢竟不甘心，因此口內還嘟囔著說：「一個做爺的，還賴我們這幾個錢，連我也瞧不起！前兒和寶二爺玩，他輸了那些也沒著急，剩下的錢還是我們幾個小丫頭一搶，他一笑就罷了。」寶釵不等鶯兒說完，連忙喝住了她。可是賈環聽到一個丫環當面說寶玉哥哥比他強，便放聲大哭起來：「我拿什麼比寶玉？妳們怕他，都和他好，都欺負我！」說著便一直哭，怎麼都哄不停。寶釵忙忙地勸導他：「好兄弟，快別說這話，人家聽了會笑你的。」然後又罵鶯兒不懂事！沒規矩！

就在這個時候，寶玉走過來了，見到了這般景況，問便：「這是怎麼了？哭什麼？」賈環看見哥哥來了，不敢出聲。寶釵素日也知道他們家的規矩：凡是做弟弟的都怕哥哥。其實啊，那賈寶玉是最不希望人家怕他的，他總是想著：「兄弟們一併都有父母來教訓，何必我多事，哥哥若是處處教訓弟弟，反而讓兄弟之間的感情生疏了。」此外，他還有個很傻的心思：因他自幼在姐妹叢中長大，親姐妹有元春、探春，堂姐妹有迎春、惜春，表親中又有湘雲、黛玉、寶釵等人，於是他料定天地之間最靈動的氣質只屬於女子；男兒們好比濁物，可有可無。所以在他的觀念裡，與父親、伯叔、兄弟等人的關係，大致上能夠維持禮數，也就過得去了，他從不想做什麼家族子弟中的楷模或表率。所以賈環等人其實都不覺得賈寶玉有什麼威嚴，也都不甚怕他，只不過看著賈母寵愛寶玉，所以才處處讓他三分。

可是如今賈環在寶釵這裡胡鬧出醜，寶玉竟不由得生起氣來：「大正月裡，哭什麼？這裡不好，到別處玩去！你天天念書，倒念糊塗了！譬如這件東西不好，橫豎那一件好，就捨了這件取那件，難道你守著這件東西哭會子就好了不成？你原是要取樂兒才來和大家玩耍的，結果倒招得自己煩惱，這樣划得來嗎？還不快回去呢！」賈環聽了寶玉哥哥的話，只得回自己房裡去了。

我覺得寶玉說得很有道理，如果我們每次玩遊戲的初衷都是為了喜歡，那麼為什麼到後來也有鬧得不歡而散的時候呢？這過程中，一定是出了問題，而且多半都是因為我們在情緒管理上失控所造成的。賈寶玉說：「譬如這件東西不好，橫豎那一件好，就捨了這件取那件，難道你守著這件東西哭會子就好了不成？」這也是值得我們細細省思。我們要在遊戲的輸贏之間，學會轉移和撫平自己的心情，贏了固然別興奮過度，輸了也不必太鑽牛角尖，像賈環這樣聯想到自比樣樣比不上哥哥，就是很偏差的想法，因為每個人都有自己的稟賦和特色，並不存在著誰比誰差的問題。因此遊戲玩到太激動時，我們要留意自己的情況，讓高漲的情緒逐漸紓緩下來，畢竟玩遊戲最大的功用就是在刺激我們的腦力和體力，就算輸了幾場，也不是什麼大不了的事。如果我們能這樣想，才是真正有智慧的人。你說是嗎？

十三、大觀園來了個「野驢子」！

大家每天早起都會梳梳頭髮吧？你可知道《紅樓夢》裡的孩子們，都喜歡怎樣的髮型嗎？男孩女孩會不會互相替對方變換髮型呢？我們先來看看賈寶玉的頭髮。

話說一天早上，寶玉起床後就先跑到史湘雲和林黛玉的臥房裡來，他看見黛玉嚴嚴密密地蓋著一幅杏子紅綾被，安穩地睡著；可是另一旁的史湘雲卻是一把青絲拖於枕畔，棉被只蓋到齊胸，那一彎雪白的膀臂卻撂在了被子外面，手腕上又帶著兩個金鐲子。賈寶玉於是輕輕地幫她把被子蓋上。這一動，卻驚醒了林黛玉。黛玉翻身一看，就問道：「這麼早，跑過來作什麼？」寶玉便笑著說：「還早嗎？妳快起來瞧瞧。」

隨後湘雲也醒來，寶玉便到鏡臺旁邊坐下，只見丫鬟紫鵑、雪雁都進來服侍黛玉梳洗。那史湘雲也洗了臉，小丫鬟翠縷剛要將殘水潑掉，寶玉急忙阻攔：「我趁勢也洗了，省得費事。」說著便走過來，彎腰洗了兩把。紫鵑遞過香皂給寶玉，寶玉卻說：「這盆裡就不少，不用再搓香皂了。」於是又洗了兩把，便要了手巾過來。然後又忙忙地用青鹽來擦了牙，漱了口。洗漱完畢。就該梳頭了。寶玉見湘雲已經梳完了頭，便走過來笑道：「好妹妹，替我梳頭吧。」湘雲只得先扶著他的頭，將髮絲一一梳直了。因為寶玉今天將待在家裡不出門，所以不戴冠，也不帶抹額，因此不需要梳一個總角，只要將頭髮編成許多小辮子，然後將所有的小辮子往頭頂心綁束成一根黑亮如漆的大辮子，再用紅絲繩結住。接著自髮頂至辮梢，一路綴上四顆漂亮的大珍珠，最後在髮尾辮梢的地方掛上金八寶墜腳。這樣就算完成了。

可是湘雲一面編著辮子，一面問道：「咦，這一組珍珠怎麼只剩三顆了，另外的一顆是不一樣的！我記得以前四顆都是一樣的，如今怎麼少了一顆？」寶玉便回道：「丟了一顆。」湘雲就數落他：「必定是在外頭掉了，不防被人揀了去，那麼名貴又漂亮的珠子，倒便宜了那個撿著的人……。」這樣我們便見到了賈寶玉居家生活中較為簡便的髮型。

到了寶玉生日的那一天，大家在怡紅院裡吃吃喝喝又輪流唱小曲，第二天起床後，寶玉看見小戲子芳官在梳頭。因為她是女生，所以挽起個髮髻來，又帶了些花翠。寶玉覺得這髮型太沒想像力了，於是決定幫她改妝。先將額頭上周圍的短髮都剃了去，露出碧青的頭皮來，在將頭頂上的披下來的頭髮編成好幾個環形的髮辮，就像蒙古族的男孩子一般。這樣的髮型，古時候的蒙古人叫做「呼和勒」。配合這個髮型，冬季裡，前額可繫上絨絨的貂毛或海獺毛，腳上則穿著虎頭盤雲五彩小戰靴，或是將褲腳散開，只穿淨襪和厚底鑲鞋。

這小美女芳官改了蒙古俊男的髮型和服裝之後，便發現自己的名子不好，應該索性改成外國男生名子才別致。因此賈寶玉就改稱她為「雄奴」。芳官聽了十分稱心！又說：「既如此，你以後出門也帶我出去。有人問，你就說我和茗煙一樣是你的小書童就行了。」寶玉笑著說道：「不行，人家還是看得出來的。」芳官笑道：「你就說我是個小土番兒嘛！咱們家現在不是有幾家土番嗎？況且人人都說我打這辮子好看！」寶玉聽了，喜出意外，忙笑道：「這樣也好。我也常見一些官員，一出門就有許多外國僕從跟著，因為這些胡人不畏風霜，鞍馬便捷。既這樣，我再給妳起個番名叫作「耶律雄奴」吧！」芳官聽了很開心！

其實賈家東西二宅，原本就這住著幾家祖先當年打仗所獲的囚奴，只不過他們一般只是做些飼養馬匹的簡單工作，主人一般不大使喚他們的。話說如今芳官改裝成功了，便鬧得大觀園裡眾女孩兒們都覺得好玩，那史湘雲是第一個嬌憨又好遊戲的人。她平常也最喜歡武扮的，每每為自己束鑾帶，穿折袖，做男孩子的打扮。如今看到寶玉將芳官扮裝成男子，她便將自己的小戲子葵官也扮成個男孩模樣。那葵官為了唱戲，本來就經常刮剔頭髮，因為這樣方便在臉上塗抹粉墨油彩。再加上她的手腳又伶便，因此湘雲為她打扮起來很順手。

還有那李紈、探春見了小女孩變成了小男孩，也都很喜愛！便將寶琴屋裡的豆官也裝扮成一個小童，頭上綁兩個丫髻，穿著短襖紅鞋，遠遠一看，儼然是戲臺上的一個琴童了。史湘雲一高興，也要為葵官取一個男孩的名字，想了一下，便叫她作「大英」。因她姓韋，便叫她「韋大英」，有「惟大英雄能本色」的意思。那豆官身量、年紀皆極小，又極為鬼靈精怪，園中的人平常都喚她作「阿豆」的，也有人叫她「炒豆子」。如今扮成了公子的琴童，於是寶琴便改稱她為「豆童」。

這時，尤氏又帶了佩鳳、偕鸞二位小妾過來遊玩。這兩個也是貪玩嬌憨的女孩，如今進了大觀園，再遇見湘雲、香菱、芳官、蕊官這些天真好玩耍的小孩，真所謂「方以類聚，物以群分」，因此成天只見她們說說笑笑，鬧個不停。一時大夥兒到了怡紅院，忽然聽寶玉叫芳官「耶律雄奴」，把佩鳳、偕鸞、香菱三個人笑到肚子疼！還問：「你叫她什麼？我們也學學。」可是大家太頑皮了！雖說學著叫這名字，卻有人故意叫錯音韻，後來有人忘了字眼，甚至最後不知怎麼冒出了一聲「野驢子」來！引得大觀園中人凡是聽見的人無不笑倒！

你瞧瞧，大觀園中女孩為男孩綁辮子，男孩為女孩換髮型，竟引來這麼多歡樂的笑聲！《紅樓夢》可真是一部有趣的小說啊！

十四、黑凜凜一條醉漢！

你知道嗎？《紅樓夢》這個故事裡，除了溫婉美麗的十二金釵，竟然還有粗魯無文的彪形大漢呢！而且這個人物，還可能是作家曹雪芹從俠義小說《水滸傳》裡「借」來的呦！

故事第二十四回有個失業中的芸哥兒，他想跟舅舅到店裡拿點高級香料來送給王熙鳳，藉此謀得在大觀園裡種花種樹的工作。說起這個工作可以說是肥缺呢！因為薪水足足有二百兩銀子，而買花買樹的成本卻只需要五十兩。可是芸哥兒的舅舅卻很小氣，不僅不願意把店裡的貨品賒給他，還說了一些斥責與難聽的話。

賈芸因此賭氣離開了舅舅的家。在回家的路上，他心裡很煩惱：「沒了工作，母親一人在家裡，可是要餓肚子的！這可怎麼辦才好呢？」他一面走，一面想。東想西想低著頭走路，結果一不小心撞在一個高大的醉漢身上！

那醉漢把賈芸一把拉住，罵道：「你瞎了眼睛！竟敢碰起我來了！」賈芸聽這聲音好像是熟人，仔細一看，原來是鄰居倪二。說起這倪二可不好惹，他是這附近一帶有名的流氓哦！專門放重利債，還開賭博場，又專愛喝酒和打架。現在他剛好從欠錢人家那裡討債回來，雖然是走在路上，卻已經是醉得一蹋糊塗了。大家想想，賈芸一頭撞到他的身上，那豈不是糟糕了！果然，這醉金剛倪二就要動手開打了。賈芸連忙叫道：「老二住手！是我衝撞了你。你睜開眼睛看看啊！」那倪二一聽見賈芸的聲音，便將醉眼睜開，果然就看見了賈芸，便一鬆手，可是身子還是不住地東倒西歪地晃蕩著，他說：「原來是賈二爺。這會子哪裡去啊？」

賈芸聽見倪二問他，一時間滿腹委屈都說不出口。「唉！沒甚麼好說的，只是平白討了個沒趣兒。」倪二卻爽朗地說道：「不妨！有什麼不平的事，僅管告訴我，我替你出氣！咱們這三街六巷，憑他是誰，若有人敢得罪了我醉金剛倪二的街坊鄰居，管叫他家破人亡！」賈芸一聽這話，嚇了一大跳！連忙說道：「老二，你別生氣，聽我告訴你這原故吧。」於是便把舅舅不幫忙的一段事情說給倪二聽。這倪二果然登時勃然大怒：「這是什麼舅舅？！要不是芸二爺的親戚，我就要罵出來了！真真把人氣死！也罷，你也不必愁，我這裡現有幾兩銀子，你要用得著，只管拿去。我們是好鄰居，這份銀子借給你是不要利息的。」一面說，一面從搭包裡掏出一大包銀子來。

賈芸心裡其實蠻緊張的：「這倪二平日雖然是個流氓，卻也會對鄰居好，能施捨人，因此在地方上也頗有點義俠之名。如果我今日不領他的情，他一翻臉，發了脾氣，我吃不了兜著走。不如先跟他借了，改日加倍還他就是了。」

於是芸哥兒笑道：「老二，你果然是個好漢！既蒙高情，怎敢不領？我回家就照例寫了借據送過來。」倪二卻突然哈哈大笑：「這不過是十五兩三錢銀子，你如果還要寫借據，我就不借你了！」賈芸聽他說得這樣豪氣，只好接了銀子笑道：「我遵命就是了。你別發脾氣呀！」倪二聽了，很滿意地笑說：「這才對嘛！天快黑了，我也不請你去喝酒了，我還有點事兒，你先請回吧。幫我帶個信給我老婆、女兒，叫她們先關門睡覺吧，我今天不回家了，倘若有事，叫我女兒明兒一早到馬販子王短腿家來找我。」一面說，一面搖搖晃晃地走了。

我們想想，賈芸今天可真是走運啊！撞上一個黑幫大哥，既不揍他，還慷慨借錢給他！天底下竟有這樣好的事啊！賈芸趕緊用這筆錢去買了冰片和麝香拿去送給王熙鳳，果然他就得到了一份好差事。只不過到了《紅樓夢》故事結尾的地方，這醉金剛倪二，以及他的老婆、女兒會再度出現，到那時，他不僅沒有幫助賈家人，反而成為拖垮賈府的最後一根稻草！於是我們不得不佩服作者設計出這號人物所運用的小說伏筆，真可謂匠心獨運呢！然而倪二這號人物難道就是曹雪芹原創的嗎？在《紅樓夢》之前，有沒有其他的背景依據呢？我們找到了《水滸傳》第十二回，這裡故事中有個形象和名字都很近似的角色——牛二。

話說殿帥府制使，人稱「青面獸」的楊志，這個人實在倒霉到家了！因為由他押送的花石綱在黃河裡翻了船，整批貨物都流失了。楊志不敢回京覆命，以至於流落在異鄉。這幾天他住在客店裡，盤纏路費都使盡了。楊志心想：「怎麼辦才好呢？只有將祖上留下來的這口寶刀，拿去街上賣個幾千貫錢鈔，以做為路費吧，否則今晚連個安身處都沒著落了。」於是他萬般不捨地將祖傳的寶刀，插了個草標兒，走到市街上去賣。大約接近晌午時分，天漢州橋附近非常地熱鬧，突然馬路兩邊的人都跑入河下巷內去躲避！楊志向遠處一看，只見路人到處亂竄，口裡嚷嚷道：「快躲了！大蟲來也！」楊志心想：「好奇怪！這等一片錦繡城池，那裡有大蟲來呢？」當下因為好奇心驅使，便立住了腳等著看。

不久之後，只見遠遠地來了一名黑凜凜的彪形大漢，顯然已經喫得半醉，一步一攧地撞將過來。楊志看那人時，只見他形貌生得十分粗陋。但見：「面目依稀似鬼，身材彷彿如人。枒杈怪樹，變為肐瘩形骸；臭穢枯樁，化作腌臢魍魎。渾身遍體，都生滲滲瀨瀨沙魚皮；夾腦連頭，盡長拳拳彎彎捲螺髮。胸前一片緊頑皮，額上三條強拗皺。」

原來這個人就是京師有名的地痞流氓，渾號叫做「沒毛大蟲」牛二。他專門在街上撒潑、行兇、撞鬧。連開封府也治不了他，因此滿城人見那廝來了，個個都躲避不及。

當時牛二醉醺醺、踉踉蹌蹌地來到了楊志面前，他順手把那口寶刀扯過來，問道：「漢子，你這刀要賣多少錢？」楊志說：「這是祖上留下的寶刀，我要賣三千貫。」牛二大聲一喝道：「甚麼鳥刀，要賣這麼貴！我三十文買一把，也可以切肉，又可以切豆腐。你的刀有什麼好處？憑什麼叫做寶刀？」楊志見問，便說道：「我的刀並不是店裡賣的普通白鐵刀，這口確實是寶刀。」牛二又問：「有什麼厲害的地方？」楊志說：「第一件，砍銅剁鐵，刀口不捲；第二件，吹毛得過；第三件，殺人刀上沒血。」牛二挑釁地問道：「你敢剁銅錢嗎？」楊志道：「可以，你就拿銅錢來，我剁給你看。」

於是牛二便去州橋下香椒舖裡討了二十文，一垛兒銅板都放在州橋欄杆上，叫楊志道：「漢子，你若剁得開時，我給你三千貫。」那時看熱鬧的人很多，只是都不敢近前，只是遠遠地圍住瞭望。楊志輕蔑地笑道：「這個有什麼難的？」於是他把衣袖捲起，拿刀在手，看的準確了，只一刀下去，把一疊銅錢當場剁成了兩半。微觀的眾人都齊聲喝采！牛二不服氣地道：「你們喝什麼采！漢子，你再說說第二件是什麼？」楊志回道：「吹毛得過。就是拔幾根頭髮望刀口上只一吹，毛髮便齊齊都斷。」牛二斷言：「我不信！」他自己拔了頭髮，遞與楊志：「你且吹給我看。」楊志左手接過頭髮，照著刀口上盡力氣一吹，那頭髮頃刻都做兩段，紛紛飄揚下來。圍觀眾人又大聲喝采！

這時看的人越來越多了。那牛二又問：「這第三件是什麼？」楊志道：「殺人刀上沒血。」牛二驚訝地說道：「怎麼可能殺人刀上沒血？」楊志道：「若用這把刀將人一刀砍了，刀刃上並無血痕，只因為速度極快！」牛二又耍賴了：「我不信，你把刀來剁一個人給我看。」楊志反駁：「禁城之中，如何敢殺人？你不信時，取一隻狗試試。」牛二道：「你剛剛是說殺人，又不是說殺狗！」楊志不耐煩了：「你不買便罷，只管纏著我做什麼？」牛二道：「我偏要你殺給我看。」楊志說：「你有完沒完？我不是讓你耍著玩的！」牛二不死心：「那你敢殺我嗎？」楊志說：「我和你往日無冤，昔日無仇，殺你做什麼？」

可是牛二卻緊揪住楊志說道：「我偏要買你這口刀！」楊志說：「你要買，錢拿來。」牛二道：「我沒錢。」楊志說：「你沒錢，我有什麼辦法？」牛二只管說：「我就要你這口刀！」楊志道：「我就是不給你。」牛二又挑釁：「你如果是好漢子，就剁我一刀。」楊志大怒，把牛二推得摔了一交。牛二爬起來，立刻撞入楊志懷裡。楊志便大聲喊道：「各位街坊鄰舍，你們都是見證。我楊志因無盤纏，只得自賣這口刀，可是這個流氓卻要強奪我的刀，又來打我！」當時這些圍觀的街坊鄰人都懼怕牛二，因此沒有人敢向前來勸。

牛二又大喝一聲：「你說我打你，我便是殺了你也不值什麼！」於是揮起右手，一拳打來，楊志「霍」一聲低頭躲過，隨即拿著刀搶上來，竟一時氣不過，往牛二身上直搠，那牛二便撲地倒了。

聰明的你一定發現了《紅樓夢》裡的倪二雖然是從《水滸傳》的牛二轉化出來的。但是倪二確實比較大方、有俠義之氣，而且樂善好施。就算他是最終拖垮賈府的角色之一，我們也只能感嘆偌大的家族會從興盛急速走向衰亡，那也不是任何一個人的力量所能為。曹雪芹對世事無常的看法，經常就是寄託在這些小人物的前後照應上，使我們掩卷歎息！因而也感覺到他的小說特別具有悠長的氣韻呢！

十五、青臉白髮的魔鬼！

大家知道在整部《紅樓夢》裡，最邪惡的人是誰嗎？答案是：馬道婆。她是誰呢？原來這馬道婆還是賈寶玉的乾媽呢！可是她居然想害死寶玉。怎麼害他呢？就用她口袋的五隻青臉白髮的魔鬼，這些被施了魔咒的紙片鬼，不僅足以害死賈寶玉，就連寶玉的嫂嫂王熙鳳也被折磨得奄奄一息呢！

這事情是怎麼發生的呢？原來馬道婆和趙姨娘非常地相好。她們兩人聊天的時候，趙姨娘常常訴說著賈寶玉和王熙鳳的壞話。她告訴馬道婆：「我的兒子賈環就是比不上寶玉！我覺得他也不用叫什麼寶玉了，乾脆叫個『活龍』算了。這個小孩子不過就是長得比較好看一點，我們全家人都偏心疼愛他。這也就算了，我最不服氣的就是那個二奶奶王熙鳳！我敢向妳保證，我們賈家的錢，都快要被她搬回娘家去了，真的！」

馬道婆把臉抬得高高地說道：「那是你們沒辦本事，才叫她把錢都搬回娘家去了。如果是遇到我，那就不一樣了！」趙姨娘趕緊推她一把，問道：「欸，妳有什麼辦法？」馬道婆突然從鼻子裡發出一聲陰森森的怪笑，然後慢慢地說道：「我明的不敢怎麼樣，暗地裡也就算計了，還等什麼呀？」趙姨娘聽得心裡癢癢的，趕忙好奇地問道：「怎麼樣可以暗地裡算計呀？妳教教我嘛！拜託！」馬道婆喝了一口茶，故意賣關子。趙姨娘很著急，拍胸脯提出保證：「如果妳可以幫我把賈寶玉和王熙鳳兩個眼中釘除掉，讓我們環兒繼承家產，我一定會重重地謝妳！」

馬道婆聽說以後，低了頭，半晌才幽幽地問了一聲：「到時候無憑無據的，妳還會理我嗎？」趙姨娘拍了一下馬道婆的肩膀，慷慨地說道：「嗐，這有何難？我這裡有一點錢，妳先拿了去。剩下的部分，我寫個文契給妳，事成之後，我照文契上的數目給妳就是了。」馬道婆逼近趙姨娘的臉，小聲地問道：「此話當真？」趙姨娘正色回答：「絕不撒謊！」

接下來，故事情節急轉直下，出現了《紅樓夢》裡最令人驚心動魄的一幕！馬道婆伸手到口袋裡掏一掏，立刻掏出了十個綠色臉面、雪白頭髮，臉孔猙獰奸險可怕的魔鬼來，另外還有兩個白色小人，雖然都是紙做的，但是誰的口袋裡會放那樣的東西？而且還是被施了魔法用來害人的東西！

馬道婆這時悄悄地告訴趙姨娘：「妳把賈寶玉和王熙鳳兩個人的生辰八字都寫在這兩個白紙人兒身上，各放五個鬼在他們的床單裡，我回家一作法，他們就完了！欸，妳千萬小心，不要害怕！知道嗎？」於是馬道婆便回去做法了。

不久之後，賈寶玉原本正和林黛玉說說笑笑的，忽然「噯喲」了一聲，痛苦地叫著：「我的頭好疼哦！」林黛玉以為沒什麼事，卻看見寶玉抱著頭不停地大叫又跳腳地，瘋狂地喊道：「我要死了！我要死了！」這時不僅林黛玉嚇傻了！那賈母、王夫人和所有的丫鬟們也都慌得不知所措！而寶玉卻愈來愈嚴重，他不知道從什麼地方拿起了刀子來到處亂砍，一會兒又要砍自己，尋死覓活的，情況十分危急！場面也混亂得一蹋糊塗！賈母、王夫人和所有的家人從未見過這樣的情況，大家嚇得抖衣亂顫！老太太一聲聲「心肝寶貝呀！」喊著寶玉，一邊又放聲慟哭起來！

一時間，榮、寧兩府的家人們，包括聞訊趕來的親戚朋友們，見了這離奇的情況，大夥兒都像整團亂麻一般，沒了主見。正在驚慌愁苦的時候，又見鳳姐手持一把明晃晃的鋼刀，一路砍殺進來，那把大鋼刀好幾次就要砍到人了！真是驚險萬狀！賈府中人都快要嚇破膽了！幸好有幾個強壯有力量的婆娘上去抱住鳳姐，用力奪下刀來，將她抬回房裡去。

當下眾人七嘴八舌，有人說是中邪了，要請道士、巫婆、真人來做法，也有人說應該請醫生來診治……。總而言之，所有的辦法都用盡了，一點效驗也無。到了那天日落黃昏。賈寶玉和王熙鳳二人的神志愈發昏迷了，他們躺在床上，已經不省人事，而身上就像火炭一般發著高燒，口裡還說著大家聽不懂得囈語。夜間，賈府中的婆娘、媳婦、丫頭們都不敢上前去服侍，好像看到鬼一樣，害怕得很！因此大家商議，把他二人都抬到王夫人的上房內，夜間派了幾個勇敢的小廝們挨次輪班看守。那賈母和王夫人也都寸步不離，只圍著寶玉、鳳姐，幾乎哭乾了眼淚。

就這樣鬧了好幾天，家裡天天有人來唸經做法、設壇做醮，鬧得人口不安、家宅不寧！可就是一點效用也沒有。於是寶玉的父親賈政放棄了，他原本就不太相信那些怪力亂神的事，現在看著所有的施法都不靈驗，他便阻止大家再去訪僧覓道。他說：「我想兒女之數，皆由天命，非人力可以勉強。寶玉和熙鳳的病，既然不知病因，又百般醫治無效，想來是天意該當如此，也只好由他們去吧。」

可是家人們根本不聽他的話，寶玉的大伯賈赦也還是百般忙亂，到處拜託人請求名醫想辦法診治。眼看著三日的光陰過去了，那鳳姐和寶玉躺在床上，越發連氣都將沒了。現在闔府中人也都說沒指望了，忙著將他二人過世的壽衣都準備好。就在大家哭得崩潰的時候，趙姨娘和賈環卻躲在簾子後面一直偷笑呢！

到了第四天早晨，賈寶玉突然睜開眼睛對賈母說道：「我從今以後，不在你家了！快些收拾收拾打發我走吧！」賈母聽了這話，如同摘去心肝一般，痛心疾首！趙姨娘便假裝好心地在一旁勸道：「老太太也不必過於悲痛了，哥兒已是不中用了，不如把哥兒的衣服穿好了，讓他早些上天堂，也免再受苦痛；您若是只管捨不得他，他這口氣不斷，也是受罪不得安生啊！」

這些話還沒說完，賈母照著她的臉吐了一口唾沫，大罵道：「爛了舌頭的混帳東西，誰叫妳來多嘴多舌的！妳怎麼知道他不中用了？妳就這麼希望他死嗎？！妳別做夢了！他要真是死了，我就和妳們討命！妳們這會子逼死了他，你們就稱心如意了，我也饒不了你們！」一邊罵，一邊又是痛哭！賈母罵得大家心裡好難過。可是就在這個時後，有個不識相的僕人竟然上來啟稟道：「兩口棺材都做好了，請老爺出去看看。」賈母聽了，如同火上澆油一般，又罵道：「是誰做了棺材？！」然後一疊聲叫人把那個做棺材的拉來打死！

正在鬧得天翻地覆，沒個開交的時候，大家竟然在鬧哄哄的場面上，清清楚楚地聽見木魚聲響，然後彷彿遠方山裡傳來的聲音：「南無解冤孽菩薩。有那人口不安，家宅顛傾，或逢凶險，或中邪崇者，我們善能醫治。」賈母、王夫人等以為神仙降臨，趕緊命人去請進來。賈政實在不相信，無奈賈母之命，不敢違拗。又想想：「我們家如此深宅大院，外面街道上的聲音怎麼可能聽得如此真切？也許真是世外高人吧！」於是命人出去請了進來。大家舉目遙望，看到大門口進來一個癩頭和尚，和一個跛足道人。

那和尚滿頭爛瘡，衣服鞋子都破爛得不像樣，可是一雙眼睛卻明亮得像寶石一般！而那道士走起路來明顯地一腳高一腳低，渾身帶水拖泥，骯髒得不得了！賈政見了，很不得已，只得客氣地問道：「您道友二人在哪座廟焚修？」那和尚笑道：「長官不須多言。我們聽說尊府人口不利，故特來醫治的。」賈政只好說道：「我家倒是有兩個人中邪，不知二位有何符水？」那道士便笑著說：「你家裡現放著希世珍寶，倒還問我們要符水？！」賈政聽這話有深意，便說道：「我兒子出生的時候，口裡含著一塊寶玉，玉上面刻字說能除邪祟，可是如今竟不靈驗！」這和尚便笑道：「長官，你哪裡知道這塊寶玉的妙用呢？只因它如今被聲色貨利所迷，所以不靈驗了。請你取出那寶玉來，讓我們持頌持頌、唸唸經，保管就好了。」

賈政聽說，便將通靈寶玉取來遞與和尚、道士。那和尚接了過來，擎在掌上，長嘆一聲：「青埂峰一別，展眼十三載矣！人世光陰，如此迅速，塵緣滿日，若似彈指！你現在一定很懷念當年在青埂峰無憂無慮，心頭喜無悲的日子吧！自從你來到這人世間，是非就多了。你看看你現在的樣子，玉上都是粉漬脂痕，可惜原本的寶光都被掩蓋了。讓我來幫你擦擦，讓寶光重現吧！」

和尚將玉擦乾淨之後，遞還給賈政：「你的家人很快就會痊癒了，放心靜養吧。」一說著回頭便走了。賈政還要趕上去請他二人喝茶，又要送謝禮，可是他二人竟然瞬間消失得無影無蹤了！

當天晚間，寶玉和鳳姐竟然漸漸地清醒，還說肚子好餓。賈母、王夫人如獲珍寶，趕緊熬了米湯來與他二人吃了，接下來幾天，寶玉、鳳姐精神便愈來愈好，邪祟退除之後，他們就完全康復了！這時一家子才把心放下來。

其實我也不相信那些怪力亂神的事，但是我始終堅持不可以陷害別人，那樣我們便終身坦坦蕩蕩、心安理得。

十六、網紅作家的煩惱

請問你今年幾歲呢？我記得賈寶玉是在十二、三歲的時候，愛上寫詩的。有一段時間，他突然好喜歡作詩呦！而且經常將生活中美好的時光，以詩的形式記錄下來，像是：和姊妹們一起讀書、畫畫、猜謎、下棋……。

那時，這位賈府裡的少年公子動不動就寫詩；而府外的騷人墨客們就瘋狂地傳誦著，他們想像一位翩翩美少年，整日裡靈感興發，隨時隨地吟詠題詩，那是多麼風雅的景象啊！於是人人爭相追求賈寶玉的新詩，將它掛在牆上、寫在扇子上，變成一股時尚風潮。寶玉簡直就像現在的「網紅作家」一般，天天只顧著寫詩作畫，窮於應付那些追捧他的人。

可是過不了多久，寶玉突然又不想作詩了。不僅失去了寫詩的靈感，而且還覺得有種說不出來的不舒服，這使他站也不是，坐著也不自在，出門之後，就想回家；在家裡，又忍不住想出去逛逛。他心裡的事全然不知該怎麼說出口，因為和他一起住在大觀園裡的女孩子們，個個都是天真活潑又爛漫，成天嘻嘻笑笑、快樂無邊，並沒有一個人感受到賈寶玉的煩悶。

賈寶玉突然變得懶懶的，又時常發呆。他的書僮茗煙見他這麼不開心，便想要幫他找點有趣的事物來抒發閒愁。突然之間，他想到了！趕緊跑到書店裡去，一口氣買了好多好多小說、劇本、故事集回來，有武則天的故事，還有楊貴妃的傳奇……，賈寶玉以前沒看過這麼多好看的故事書，一時間真是樂壞了！但是他知道爸爸一定不同意他看這些課外書，所以將這些小說偷偷地藏到床頂上，趁著房裡沒人的時候，才敢拿出來看。

有一天，他帶了一套描述張生和崔鶯鶯愛情故事的《西廂記》到花園裡去，打算享受一個靜謐的早晨時光。那時正是春天花朵繽紛盛開的時節。寶玉走到沁芳橋邊，在一株大桃花樹底下，挑了一塊石頭坐上去，打開書來細細地閱讀，體會書中優美動人的詞句。就在他剛好讀到「落紅成陣」這句話的時候，突然一陣風吹來，將樹上的桃花吹得紛紛飛揚飄灑下來，那花瓣雨落得他滿身滿書滿地都是，太華麗了！簡直令人要屏住呼吸！寶玉實在捨不得踐踏這些花瓣，於是他想到一個辦法：用衣服的下擺兜起這些剛剛落下的新鮮花瓣，然後輕輕走到水邊，將這些馨香的桃花瓣抖落在溪流裡。他看著花瓣紛紛落浮在水面上，飄飄蕩蕩地隨水流著。

突然間，有人在他的背後問道：「你在這裡做什麼？」寶玉緊張地一回頭，看到是林黛玉來了，而且她的肩上還擔著花鋤，鋤上又挂著一個美麗的花袋，另一手則拿著掃花的掃帚。寶玉立刻開心地笑道：「妹妹來得好！來吧！我們一起把這些花瓣掃起來，都倒在水裡。我剛才已經抖落了好些了呢。」可是林黛玉不同意這麼做，她說：「抖在水不好。你看這裡的水好像很乾淨，可是一旦流出去外面有人家的地方，大家把那髒的臭的東西都往水裡倒，仍舊是將這些美麗的小花們都糟蹋了。依我的辦法，在那邊角落裡做一個花塚，現在我們把花瓣都掃起來，裝在這個絹袋裡，再用土埋上，將來日久隨土化了，豈不是回歸自然，又很乾淨？」

賈寶玉聽說了，喜不自禁，笑道：「好極了！等我放下書來幫妳來收拾花瓣。」黛玉好奇地問道：「什麼書？」賈寶玉害怕偷看閒書的事被發現，慌張得藏之不迭：「這……這些不過是《中庸》和《大學》。」黛玉笑著說：「我不相信，你又在我面前搗鬼。趕快拿出來給我瞧瞧吧！」寶玉沒辦法，只好說道：「好妹妹，給妳看，我是不怕的。只是妳看了之後，千萬不能去告訴別人，知道嗎？我跟妳說啊，這本《西廂記》真真是好文章！妳若是看了，保管妳連飯也不想吃，覺也不想睡呢！」

說著，寶玉便將書遞給黛玉。黛玉一邊把花具放下，一邊接書過來瞧，結果竟然欲罷不能，從頭看到尾，愈看愈愛看，大約一頓飯的時間，便將這十六齣的劇本一口氣看完了。看完了還意猶未盡，只覺得詞句真美！念著念著都使人感覺到餘香滿口。雖看完了全書，卻只管發呆出神，同時又在心裡默默地記誦這些嘉言錦句。寶玉笑著問道：「妹妹，妳說這本書好不好看？」黛玉笑道：「果然有趣！」

此後，《西廂記》成了寶玉、黛玉兩人吵架拌嘴、行酒令時的感情密語，而且在每一次的葬花之後，他們都重新體會到生命的奇妙！

看了以上的故事，你是不是已經恍然大悟，家裡的哥哥姐姐進入青春期之後，為什麼總是很渴望有自己的祕密空間，不想被別人打擾呢？這是每一個人在成長過程中，必經的階段噢！我們先讀過《紅樓夢》，等你或你的家人進入青春期之後，就不會像寶玉那樣懵懂和迷惘了。還有更多精采的故事，我們下回再聊。

十七、論辯有一套！

請問大家有沒有參加過學校的演講比賽呢？班上口才最好的人又是誰呀？他／她是不是常常得到師長們的好評呢？

我們今天可要介紹一位《紅樓夢》裡講話一流的女孩子，讓你和她比比看，到底是誰說話最流利？用詞最得體？

有一回王熙鳳站在大觀園的山坡上，突然想起出門前忘了交代一件事情。當年可是沒有手機的年代，所以沒辦法和家裡的人即時通訊。於是她一招手便叫來了一個小丫頭—紅玉。那紅玉見鳳奶奶招喚她，連忙拋下眾人，以最快的速度跑到鳳姐的跟前來，滿臉堆著笑問道：「奶奶使喚我作什麼？」鳳姐打量了她一下子，見她長得乾淨俏麗，說話也大方得體，於是對她說道：「我的丫頭今兒沒跟進來。我這會子想起一件事來，要使喚個人出去，可是不知道妳能幹不能幹？話說得齊全不齊全？」紅玉連忙回答道：「奶奶有什麼話，只管吩咐我去說。若說不齊全，誤了奶奶的事，任憑奶奶責罰！」

鳳姐聽了紅玉這麼爽快的應允，心裡很滿意，笑著說道：「妳到我家裡去，告訴平姐姐：外頭屋裡桌子上汝窯盤子架兒底下放著一卷銀子，那是一百二十兩，準備給繡匠的工錢，等張材的老婆來要，當面稱給她看，再讓她帶走。還有，我房裡床上的櫃子裡有一個小荷包，妳幫忙拿了來給我。」

紅玉聽了，立刻轉身去了。不一會兒，她就辦好事情回來了，可是卻沒有看見鳳姐在這山坡上。她連忙到處問人，竟沒有一個人知道王熙鳳去了哪裡。後來好不容易從探春那裡聽說鳳二奶奶往李紈大奶奶的稻香村裡去了。紅玉聽說，便動身前往稻香村來，就在這時候，突然撞見晴雯、綺霞、碧痕、紫綃、麝月、待書、入畫、鶯兒等一群人迎面走來。晴雯一眼看見紅玉，就罵她：「妳再瘋罷！花兒也不澆，雀兒也不喂，茶爐子也不加熱，整天就知道在外頭逛！」紅玉馬上反駁道：「昨兒寶二爺說了，今兒不用澆花，隔一日再澆。我喂雀兒的時侯，姐姐還在睡覺呢！」碧痕聽了便氣得質問她：「那茶爐子呢？」紅玉說：「今兒不該我當班兒，有茶沒茶別問我。」綺霞也氣不過了，說道：「妳們聽聽她的嘴！我們都別說了，讓她逛去吧！」紅玉又立刻反駁姐姐們道：「妳們再問問我，我逛了沒有。是二奶奶剛才使喚我說話和取東西去的。」說著將荷包舉給她們看，大家才沒話說了，眾人說不過紅玉，只好各自走開。臨走前，晴雯冷笑道：「難怪這麼趾高氣昂，原來爬上高枝兒去了，所以把我們都不放在眼裡。不知道二奶奶跟妳說了一句話半句話沒有？她對妳的名兒姓兒知道了不曾呢？就把妳高興成這樣！被使喚個一兩次也算不得什麼，妳要是有本事，從今兒以後就出了這園子，長長遠遠的在高枝兒上才算厲害呢！」一面說著一面揚長而去了。

紅玉聽了，雖然很生氣，可是也不便再和她們爭論，只得忍著氣來找鳳姐，好不容易到了李紈房中，果然看見鳳姐在那裡和李氏說話兒呢。紅玉便上前來回道：「平姐姐說，奶奶剛出門，她就把銀子收起來了，不久前張材的老婆來討，平姐姐已經當面稱了給她拿去了。」說著又將荷包遞了上去，說道：「平姐姐叫我來回奶奶說：旺兒進來討奶奶的示下，好往那家子去的。平姐姐就按著奶奶的主意派他去了。」鳳姐聽了覺得好笑，便問道：「她是怎麼按我的主意派去了？」紅玉道：「平姐姐說：我們奶奶問這裡奶奶好。原是我們二爺不在家，雖然遲了兩天，只管請奶奶放心。等五奶奶好些，我們奶奶還會了五奶奶來瞧奶奶呢。五奶奶前兒打發了人來說，舅奶奶帶了信來了，問奶奶好，還要和這裡的姑奶奶尋兩丸延年神驗萬全丹。若有了，奶奶派個人來，只管送在我們奶奶這裡。明兒有人去，就順路給那邊舅奶奶帶去的。」

話未說完，李紈已經頭昏了，她說道：「噯喲喲！這話我就不懂了。什麼『奶奶』『爺爺』的一大堆。」鳳姐笑道：「怨不得妳不懂，這是四五門子的話呢。」說著又轉向紅玉笑道：「好孩子，倒難為妳說得齊全。別像她們扭扭捏捏的，講話蚊子似的。」王熙鳳又對李紈說道：「大嫂子妳不知道，如今除了我身邊幾個貼身丫鬟之外，我就怕和其他人說話。因為她們必定得把一句話拉長了作兩三截兒，咬文咬字，裝著腔調兒，哼哼唧唧，急得我冒火！先時我們平兒也是這麼著，我就問著她：難道必定裝蚊子哼哼就是美人了？說了幾遍，才好些兒了。」李紈忍不住笑道：「都像妳這麼講話直白、粗線條才好嗎？」鳳姐說：「像這個丫頭就好。方才話說得雖然不多，可是聽那口語表達就很簡潔俐落！」說著又向紅玉笑道：「妳明兒就到我身邊做事吧，我認妳作乾女兒，讓我再調教調教，妳就有出息了！」

紅玉聽了，噗哧一笑。鳳姐道：「妳笑什麼？妳是不是想我那麼年輕，比妳大不了幾歲，就能作妳的媽了？妳別做春夢呢！妳去打聽打聽，許多人都比妳大得多，還不是趕著我叫媽，我還不理她們呢！」紅玉笑道：「我不是笑這個，我笑的是奶奶認錯了輩數了。我媽是奶奶的女兒，這會子怎麼又認我作女兒？」鳳姐驚詫地問道：「你媽是誰？」這會兒輪到李紈可以笑笑鳳姐了：「原來妳不認得她呀！她是管家林之孝的女兒呢！」鳳姐聽說，恍然大悟，笑道：「哦！原來是他的女兒！」說著又笑了：「林之孝兩口子都是錐子扎不出一聲兒來的。我常說，他們倒是天生的一對，夫妻倆兒一雙天聾地啞。誰想到會生出這麼個伶俐的女兒來！」

鳳姐一高興便說道：「既這麼著，明兒就叫這丫頭跟我去。可不知妳本人願意不願意？」紅玉笑道：「願意不願意，我們不敢說。只是跟著奶奶，我們也學些眉眼高低、出入上下，大小的事也得見識見識。」所謂的「眉高眼低」等語，都是指懂得觀察他人的神色來判斷其心意，從而使自己的行為舉止在任何場合，都能透過適當的表達技巧，給對方留下良好的印象。由她的說話中可知紅玉是個很有想法和見解的女孩。

你說這紅玉是不是很會說話呢？她不僅口條好，行事作風也頗為幹練。而且就因為她的口才好，言詞犀利中不失體統，雖然知道該適時地奉承一下王熙鳳，可又不至於做得太露骨。好聽的話，說得恰到好處。所以她後來得以擺脫晴雯等幾位兇惡的姐姐們，成天無理的管束和謾罵，也免除一些無謂的人事糾紛，進而轉到能幹的上司身旁，去學習處理更多複雜和有意義的公共事務。所以，口語表達能力的訓練是很重要的事情，口才好，能使我們更有自信，有時甚至會影響到我們未來的前途與發展，而《紅樓夢》中的紅玉，就是最佳明證。

十八、會說話的鸚哥與大如團扇的鳳蝶！

我常常注意到大觀園裡，除了有許多美麗的花草樹木之外，其實還有各種可愛小動物呦！例如：林黛玉在瀟湘館，養了一隻漂亮的鸚哥，不僅羽毛顏色艷麗，而且還會學習黛玉說話呢！如果有客人來了，牠會使喚丫環倒茶，有時候甚至還學黛玉的口氣吟詠詩詞！

其實鸚哥會說話，是因為牠的舌端是圓的，而且柔軟靈活，與一般鳥類的尖舌，大不相同。再加上牠們發聲器官，亦即所謂的鳴肌，很發達，能在大腦的支配下，產生較複雜的說話聲音。而且鸚哥是有感情的動物，你只要常常關注牠的生活，注

意幫牠添食加水，好好地順理牠的羽毛，小鸚哥就會是主人最貼心的伴侶。

不過，林妹妹的這隻小寵物，也有調皮的時候。當牠看到女主人從外頭回來，便總是興奮地拍動翅膀，「嘎」的一聲飛撲下來，把黛玉嚇了一跳，黛玉就抱怨牠：「討厭！搧得我一頭灰！」然後這隻鸚哥又快樂地飛回架子上，連聲叫道：「雪雁，快掀簾子，姑娘來了！」此時黛玉會很貼心地走近鸚哥架前，仔細檢視一下，然後回頭問丫環：「添過食物和水了嗎？」那鸚哥好像也懂得女主人在關心牠，於是發出一聲長嘆，音韻很像黛玉說話的聲調，然後吟出：「儂今葬花人笑癡，他年葬儂知是誰？試看春盡花漸落，便是紅顏老死時。一朝春盡紅顏老，花落人亡兩不知。」

這隻鸚哥這麼多愁善感、靈巧聰慧，讓黛玉和紫鵑都忍不住笑了！紫鵑說：「這都是平常姑娘念的，難為牠怎麼都記得？」黛玉因為要進屋子去吃藥，於是命丫環們將鸚哥架摘下來，改掛到月洞窗的鉤子上，然後黛玉就在月洞窗內坐下來。我想，她一邊吃藥，一邊看著鸚哥跟她說話，一定感覺很療癒吧！黛玉就這麼隔著月洞紗窗，欣賞戶外庭院中的竹影苔痕，陰陰翠潤。一邊吃完了藥，又來逗逗鸚哥玩耍，還將她平常喜歡的詩詞教給鸚哥。這是多麼溫馨愜意的一幅閨房遊樂圖啊！

除了色彩鮮豔會說話的鸚哥，大觀園裡還不時可以看到有一面扇子那麼大的粉白色蝴蝶在花叢間飛來飛去呢！原來每年農曆四月二十六日是芒種節。古人的風俗在這一天要擺設各種禮品來祭餞花神。為什麼呢？因為過了芒種，夏天就正式降臨了，到那時繁花都凋謝，各花神也就該退位了，所以閨中女孩兒們都來辦宴會給花神們送行。於是這天清晨，我們看到大觀園中的姑娘們都起得很早。大家用花瓣、柳枝編成轎馬；也用一些綾錦、紗羅疊成旌旗，而且都用彩線繫在花園裡的每一棵樹和每一枝花上。一時間，滿園裡繡帶飄飖，花枝招展，在加上女孩兒們都打扮得桃羞杏讓，燕妒鶯慚，那大觀園就像抓住了春天的裙襬，足足的又風光了一整天！

可是這一天卻唯獨林黛玉沒有來參加派對！那時寶釵、迎春、探春、惜春、李紈、鳳姐帶著女兒、香菱，還有眾丫鬟們都在園內玩耍，迎春突然說道：「林妹妹怎麼不見？好個懶丫頭！這會子還睡覺不成？」寶釵說道：「妳們等著，我去鬧了她來。」說著便丟下眾人，一直往瀟湘館來。接近瀟湘館門口時，寶釵望見寶玉進去了，寶釵便停住腳步，低頭想了一想：「寶玉和黛玉是從小一塊兒長大的，他們二人多有不避嫌疑之處，我這一進去，恐怕惹得黛玉猜忌。我還是去尋別的姊妹們玩吧。」

就在這時候，她的面前忽然飛來一雙玉色蝴蝶，當時人所說的玉色，就是粉白色的意思，像女孩子的肌膚如白玉般白裡透紅的顏色與質感。而如今這對玉色蝴蝶大如團扇，一上一下迎風翩躚，看來十分有趣！寶釵想要撲了來玩耍，於是向袖中取出扇子來，向草地下來撲。只見那一雙蝴蝶忽起忽落，來來往往，穿花度柳，將欲過河。倒引得寶釵躡手躡腳的，一直跟到池中的滴翠亭，這一對翩翩飛舞的大蝴蝶，讓寶釵追得香汗淋漓，嬌喘細細……。

我很好奇，是什麼樣的蝴蝶展開翅膀像一面團扇，而且成雙成對、高高低低，很靈活地在晚春的微風中舞動？大約是鳳蝶。牠們的種類很多，有：大紅紋鳳蝶、紅裙鳳蝶、多姿麝鳳蝶、黃裳鳳蝶等等。有些鳳蝶以馬兜鈴為主食，因此成蟲會散發出獨特的馨香，有些也帶有劇毒，這樣一來，可以達到驅敵的效果。一旦成功蛻變為蝴蝶之後，其色彩斑斕、多采多姿，展翅可以寬達十至二十公分！想來薛寶釵所遇見的玉色蝴蝶，可能是屬於這一類分布在亞洲的大型鳳蝶了。

我有時很感嘆，據說這世界上幾種大型的鳥翼鳳蝶都在消失之中，那是因為人類對牠們的棲息地，像是雨林區的破壞與砍伐，導致牠們的生存面臨絕境。例如：距離澳洲僅一百六十公里的巴布亞新幾內亞，島上曾經有商人進行亞歷山大女皇鳥翼鳳蝶標本的高價買賣，也致使這一稀有品種面臨絕跡。蝴蝶真是太美了！好像天使的化身，我們一定要好好愛惜牠們，希望有一天，大家也能像薛寶釵一樣，在自家花園裡，就能見到這麼華麗壯觀的大型蝴蝶，自在飛舞。

十九、真是玩過頭了！

每到夏天，或是傾盆大雨的日子，你會不會有一股衝動想去玩水呢？告訴你一個祕密：《紅樓夢》裡的女孩子們也都很愛水上活動呦！特別是有一回，時序正好到了端午節前一天，府上的十二位小戲子都放假了，於是她們的班長文官便帶著大家進大觀園來玩耍。那唱小生的寶官，和唱正旦的玉官兩個女孩子，先跑到怡紅院裡和襲人等丫環一塊兒玩笑。這時天空突然下起午後雷陣雨來。那些貪玩的丫環們就把對外的水溝給堵住，故意讓雨水排不出去，於是院子頓時便積起水來，形成一個小型的池塘。

然後這些女孩子們再抓些綠頭鴨、花鸂鶒、五彩鴛鴦等美麗的水鳥，放進這個「臨時的」池塘裡玩耍。你看她們多淘氣呀！一個個撩起袖子和裙擺，將這些鴛鴦、鸂鶒捉的捉、趕的趕，甚至將牠們縫了翅膀，都放進院內的池水中戲耍。而且還怕被大人發現，索性將院門都關緊鎖上，然後盡情地圍繞著遊廊，歡聲雷動的嘻笑呢！

只是她們沒想到，賈寶玉會在這大雨滂沱的時候衝回來。寶玉見大門關上了，便用力地扣門，然而裡面的丫環和小戲子們只顧著玩笑，再加上雨聲劈哩啪啦地響著，她們哪裡聽得見寶玉的叫門聲？可憐的寶玉叫了半天，將大門拍得乒乒乓乓響，裡面的人卻再也沒想到這時會有人來敲門，而且大家也都認定寶玉這會子是不會回來的。

過了一會兒，還是襲人比較敏銳，她笑著問大家：「妳們聽聽，好像是誰來叫門呢？怎麼沒人去開門呀？」寶玉一面拍著門，一面在雨中大聲地喊道：「是我！是我！」然而麝月卻說道：「聽起來好像是寶釵姑娘的聲音。」晴雯笑了出來：「胡說！寶釵姑娘這會子來做什麼？」襲人便說道：「沒關係，讓我隔著門縫兒瞧瞧，可開就開，要不可開，就叫他淋著去！」說著，便順著遊廊走到門前，往外一瞧，竟看見寶玉淋得像落湯雞一般！襲人趕忙一邊開了門，一邊笑得彎腰拍手說道：「這麼大雨裡，你跑什麼？我們哪裡知道是爺回來了？」

可是寶玉早已經老大不高興了，正一肚子沒好氣呢！他滿心裡要把開門的丫環踢上幾腳來洩憤，於是一等襲人開了門，他並不看看是誰，還只當是那些不長眼的小丫頭子，便抬起腿來重重地一踢，直踹在襲人的肋骨上。襲人「噯喲」了一聲，寶玉還罵道：「妳們太可惡了！我素日對妳們好，大夥兒就得意忘形了，一點兒也不怕我，還索性拿我取笑兒了！」

這一下，大家再也玩不起來了。不僅襲人受了重傷，到晚間還吐血，又不敢叫醫生。同時寶玉這一頓脾氣，也將小丫頭們都嚇壞了。說起來，這些怡紅院的女孩子們也忒頑皮了點，難怪有時候會鬧過了頭，落得悲劇收場。

不久之後，大觀園來了一位稀罕的客人，那就是劉姥姥。她能把眾人逗得都笑呵呵，而大家也就樂得陪她出來遊賞大觀園。當她們走到荇葉渚。便看見賈府特別從姑蘇選來的幾個專門駕駛木船的駕娘，老早就把兩隻棠木製造的漂亮畫舫，從船塢裡撐了出來。於是眾人扶了賈母、王夫人、薛姨媽、劉姥姥、鴛鴦、玉釧兒上了第一艘畫舫，那李紈也跟了上去，接著王熙鳳也上船去了，可是她卻不肯像大家一樣乖乖地坐好，只顧站立在船頭上，而且竟然說這一艘船就由她來撐船！賈母立刻在艙內喊道：「這可不是玩的，雖然不是在外面的大河上，但這裡的水也好深的。妳快給我進來！」

可是鳳姐兒真調皮，她笑著說道：「怕什麼！老祖宗只管放心吧！」說著便一撐篙，離開了岸邊。這小船到了池中央，因船小人多，鳳姐又不懂得撐船的技巧，因此這小船竟不聽使喚地亂晃起來！鳳姐嚇到了！這才連忙把篙子遞給駕娘，自己站不住，遂趕緊蹲了下來。這一回，調皮貪玩的人，已不是小丫環和小戲子了，而是尊貴體面的少奶奶。幸好她及時將撐船的篙子還給駕娘，否則大家翻下船去，可不得了！

如果我們以為《紅樓夢》裡只有年輕的丫環、少奶奶淘氣、嬌憨、愛玩鬧，那就是只知其一不知其二了。原來在《紅樓夢》裡，真玩到掉進水裡的，其實是年紀最大的老祖宗呢！

有一回，湘雲、寶釵聯袂作東，請賈母帶著眾人進大觀園賞桂花、品嘗螃蟹。賈母聽了，高興地說道：「是她有興頭，須要擾她這雅興。」當她帶了王夫人、鳳姐兒、薛姨媽等人進得園來，發現宴席擺在藕香榭，心情更開懷了！因為在那藕香榭的山坡下，有兩株桂花開得又好又香，而且樹影映照在池水裡，池水更顯得碧綠清澈。大家坐在水中央的亭子裡，視野為之敞亮，看著水綠天青，連眼睛都清澈起來了呢！

只不過眾人要通往水中間的藕香榭時，需要走過一道竹橋。原來這藕香榭蓋在池水中央，這幢建築四面都有窗，左右兩邊也都有曲廊可連通，而這座曲曲折折的竹橋，就是用來跨水接岸的。當眾人上了竹橋，鳳姐兒趕忙上來攙扶著賈母，口裡一面說道：「老祖宗只管邁大步走，別怕，這竹子橋走起來都是這麼咯吱咯喳的。」

賈母過橋之後，突然想起一件事來，便回頭向薛姨媽說道：「我小的時候，家裡也有這麼一個亭子，叫做什麼『枕霞閣』。我那時也只像她們姊妹這麼大年紀，同我的姊妹們天天玩得很瘋啊！有一天，我竟失了腳掉下水裡去！幾乎沒淹死啊！好不容易被救了上來，結果我的額頭被那木釘給碰破了。如今我這鬢角上那指頭頂大一塊窩兒，就是那時留下來的傷疤。當時我家人都怕我經了水，又冒了風，都說我可能活不了，誰知後來竟好了！」

這鳳姐不等別人說話，率先笑著說道：「那時要是活不得，如今這麼大的富貴和福氣，可叫誰來享呢？！可知老祖宗從小兒的福壽就不小，神差鬼使地碰出那個窩兒來，好盛福壽的。我看那壽星老兒的頭上原來也是一個窩兒，因為萬福萬壽盛滿了，所以倒凸高出來了！」她的話還沒說完，賈母與眾人都笑軟了！賈母樂得指著鳳姐兒笑道：「這猴兒被慣得了不得了！只管拿我取笑起來！」

你說這《紅樓夢》裡老老少少的女子們是不是都很愛玩樂、愛說笑呢！有時候，我覺得多讀《紅樓夢》會讓我們的心情更好！只是我們日常玩遊戲時，一定要注意安全，也要懂得節制，這樣開心的情緒才能夠伴隨我們長長久久。

二十、怎樣布置自己的房間？

大家喜歡自己的房間嗎？它是不是按照你的心願布置的呢？我猜你經常在屬於你的房間或角落裡玩耍、閱讀和上網。其實，布置房間可是一門大學問噢！因為我們往往可以從一個人的房間，觀察出他的興趣、志向，以及生活品味呢！那麼你知道《紅樓夢》裡的孩子們，各自擁有怎樣的臥室和書房嗎？讓我們一起去參觀參觀吧！

如果將大觀園的正門打開，往裡走，不遠處我們會先看到林黛玉的住處。這個地方叫做瀟湘館。走進瀟湘館的院門，沿著小路兩邊是整片幽森翠綠的竹林，而竹林地上則鋪滿了綠油油的蒼苔，至於中間這條供我們行走的羊腸小路，則鋪上了雪白柔潤的鵝卵石。大家還記得嗎？當年劉姥姥來到這裡，為了讓出路來給賈母和王夫人走，自己卻走在青苔地上。結果「咕咚」一聲，重重地滑了一跤！小丫頭們都拍手哈哈笑。那賈母便笑著罵道：「小丫頭們，還不快將姥姥攙起來！只會站著笑！」

就在賈母說話的時候，那劉姥姥已經自己爬了起來，她自己覺得好糗，所以也笑道：「才說嘴就打了嘴。」那賈母趕忙關心地問她：「可扭了腰了不曾？叫丫頭們給妳捶一捶。」劉姥姥很不好意思：「哪裡說得我這麼嬌嫩了！我們哪一天不跌個兩下子，都要捶起來，還了得呢！」這兩位老人講話的時候，黛玉的丫環紫鵑早已掀起門上的湘簾，讓大家陸續進屋裡坐下。接著我們看到林黛玉親自用小茶盤捧了一蓋碗茶來奉與賈母。王夫人怕勞煩了黛玉，便說道：「我們不吃茶，姑娘不用倒了。」那林黛玉便命丫頭把自己常坐的一張椅子挪過來，請王夫人坐了。

這時，劉姥姥看見這間房裡，窗下的書案上放著許多毛筆和硯台，又看見書架上堆著層層疊疊的書。劉姥姥就猜道：「這裡必定是哪位哥兒的書房了。」賈母聽了，笑著指指黛玉，說道：「這間房是我這外孫女兒黛玉的屋子。」劉姥姥覺得難以置信，便仔細打量了林黛玉一番，然後笑道：「這個房間哪裡像個小姐的繡房？竟比那上等的書房還要好呢！」原來林黛玉最有興趣的事情是讀書和寫詩，日後我們將會發現黛玉這間「上等」書房裡，收藏了許多古人的詩集和她從揚州帶來的琴譜呦！

看過了林黛玉的書房，讓我們再繼續走訪薛寶釵的住處吧。也是在劉姥姥來大觀園的那一天，賈母一時高興，便順著雲步石梯，一層一層爬了上去。大夥兒進入蘅蕪苑的那一刻，便感覺好香好香！究竟這股撲鼻的異香，從何而來呢？仔細一看，這座院子裡種了許多奇花異草，以及披掛而下，如瀑布一般的美麗藤蔓。

而且這些名貴的植物愈冷愈蒼翠，如今也都在青翠的綠葉之間結了許多豔紅的小小果實，就好像一顆顆珊瑚，纍纍地垂掛著，十分可愛！

大家一面讚賞一面進了房屋，卻又發現這屋子裡空蕩蕩的，好像剛蓋好的房子，來不及裝潢，又像是愛斯基摩人住的冰屋，屋裡幾乎什麼東西都沒有，簡直是一座雪洞嘛！原來薛寶釵的個性非常樸素，她的房裡不僅完全沒有什麼好吃好玩的東西，而且這間大房子裡，唯一的裝飾物，竟然是個質地較粗的土定瓶，瓶裡插著幾枝簡單的菊花，旁邊也只擺著兩部書和茶杯而已。大家再轉頭往床上看，那床上也只吊著青紗帳幔，棉被也十分樸素。

這時賈母便不太高興了，因為她老人家是主人，深怕自己怠慢了薛家來的客人，沒想到王夫人和鳳姐兒都搶著分辯說：「是她自己不要的。我們原本送了好些家飾品來，結果都被她退回去了！」就連寶釵的母親薛姨媽也笑著解釋道：「我女兒住在自己家裡的時候就這樣，她不大喜歡布置房間。」賈母搖頭說道：「這可使不得！雖然她不喜歡麻煩，但是如果來了個外人，或是親戚來走動，大家看著也會覺得很怪！而且年輕的姑娘們，房裡這樣素淨，恐怕不吉利吧！妳們平常不是都喜歡看的小說和戲曲嗎？那故事裡小姐們的繡房都精緻不得了呢！我們家的姑娘們就算不能與戲台上的小姐們相比，我想也沒有差得很遠吧。寶釵若是很愛素淨，少擺點東西也還使得。我是最會布置房間的，只是如今老了，沒這份閑心了。咱們家的姊妹們也都要學著點，培養高雅的審美能力，不然就算有再好的裝飾品、骨董字畫什麼的，若是擺壞了，也照樣顯得俗氣。如今讓我來替寶釵布置房間，保證既大方又素淨。」

於是賈母吩咐鴛鴦，將她私人收藏的石頭盆景兒、薄紗繡花的桌上屏風，還有一個墨煙凍石鼎拿來做為裝飾，再將那副太單調的床帳，換成有水墨字畫的絲質白綾帳子。如此一來，這房間總算既符合寶釵清靜的個性，又多了幾分高雅的情趣。

你說裝飾房間是不是一門大學問呀？看了黛玉和寶釵的起居空間，是不是對《紅樓夢》裡兩大女主角的性格，多了幾分了解呢？我建議大家不妨多觀察身旁親朋好友、兄弟姊妹的居家布置與房間擺設，說不定可以從中發現他們不為人知心理狀態和與眾不同的興趣喜好呦！

二十一、痛痛快快笑一場！

我們國人自古以來，就是一個重視孝道的民族。如今家族裡除了父母親之外，還有祖父母和外祖父母。而孝順親長是我們每個人都做得到的。《紅樓夢》這本書經常為我們展現出和樂的親子圖，其實無形中也教導大家幾個孝順長輩的好方法，那其中之一，便是「說笑話」！

舉個例子來說，元宵節當天晚間，賈府的老太太請了專門說故事給大家聽的兩位女先生來家裡說書。一時便有婆子帶了兩個門下常走動的女先生進來，然後搬兩張凳子讓她坐了，並將三弦、琵琶遞過去。賈母客氣地問李嬸娘和薛姨媽：

「兩位想聽什麼故事？」她二人都回說：「不拘什麼都好。」賈母便問：「近來可有什麼新的故事？」那兩位女先生回道：「倒有一段新書，是殘唐五代的故事。」賈母問：「什麼名稱？」女先生說道：「叫做《鳳求鸞》。」賈母道：「這個名字倒好，妳們先大概說說故事的內容，若是有意思的，再細細說來。」

這女先生就說道：「這故事乃是在晚唐的時候，有一位鄉紳，本是金陵人氏，名喚王忠，曾做過兩朝宰輔。如今告老還家，膝下只有一位公子，名喚王熙鳳。」眾人聽了，立刻大笑起來！賈母也笑道：「這不和我們鳳丫頭同名兒了？！」一旁的僕婦連忙上去推著女先生，說道：「這是我們二奶奶的名字，別亂說！」這兩位女先生忙笑著站起來說：「我們該死了！不知是奶奶的名諱。」鳳姐兒倒是蠻不在乎，笑道：「怕什麼！妳們只管說吧，重名重姓的人多著呢。」

於是女先生繼續說道：「這年，王老爺打發了王公子上京趕考，有一天遇見大雨，王公子進到一個莊上避雨。誰知這莊上也有個鄉紳，姓李，與王老爺是世交，便留下這公子住在書房裡。這李鄉紳膝下無兒，只有一位千金小姐。小姐的芳名叫作雛鸞，她是琴棋書畫，無所不通。」賈母連忙說道：「怪不得叫作《鳳求鸞》。不用說，我已猜著了，自然是這王熙鳳要求這雛鸞小姐為妻了。」女先兒笑道：「老祖宗原來聽過這一回書。」眾人都笑著說：「老太太什麼沒聽過！便沒聽過，也猜著了。」

賈母便笑著說道：「妳們說的這些故事都是一個套路，不過就是些佳人才子，真沒趣兒！把人家的女兒說得那樣壞，還說是『佳人』呢！編故事編得連個影兒也不像。開口就說是書香門第，父親不是尚書，就是宰相。生了一個小姐，必是愛如珍寶。這小姐也必是通文知禮，無所不曉的絕代佳人。只可惜一見了清俊的男人，便想起自己的終身大事來，連父母都忘了！平常所學的書禮也忘了。鬼不成鬼，賊不像賊的，那一點兒是佳人？再說那世宦書香家庭的大戶人家，自然人口不少，奶母、丫鬟、服侍小姐的人也很多，怎麼這些說書的故事裡頭，凡有這樣的事，就只小姐和緊跟的一個丫鬟？你們想想，那些奶母、丫鬟們都跑哪裡去了？可不是前言不答後語嗎？」

大夥兒聽老太太的口吻，知道她對今天的女先生很不滿意，可是眾人也都不知道該如何是好，這時只有鳳姐兒走上來斟酒笑道：「罷，罷！酒冷了，老祖宗喝一口潤潤嗓子再掰謊。這一回就叫作《掰謊記》，就出在本朝、本地、本年、本月、本日、本時，老祖宗一張口難說兩家話，花開兩朵，各表一枝，是真是謊且不表，再整那觀燈看戲的人。老祖宗且讓這二位親戚吃一杯酒，看兩齣戲之後，再從昨朝話言掰起，如何？」她一面斟酒，一面笑說，未曾說完，眾人俱已笑倒了！

連那兩位尷尬的女先生也笑個不住，都說道：「奶奶好剛口！奶奶要是出來說書，真是連我們吃飯的地方也沒了！」薛姨媽也撐不住笑著對鳳姐兒說：「妳別耍寶了！今天過年請客，不是只有我們這一群女眷，那外頭還有些男人呢！比不得往常我們娘兒們自己的聚會。」可是鳳姐兒卻不怕，她笑著說道：「外頭只有一位珍大爺。我們還是論哥哥妹妹，從小兒一處淘氣淘了這麼大的。這幾年因各自結婚了，家庭裡立了很多規矩，便不像小時候的兄妹那麼親，可是那《二十四孝》上有『斑衣戲彩』，說的是古人刻意穿著彩色衣裳，像個小孩兒一般地戲耍，逗引父母開心。如今那些外頭的男人們不能親自來『戲彩』，引老祖宗笑一笑，我這裡好不容易引得老祖宗笑了一笑，多吃了點東西，大家高興，那些外頭的男人都該謝我才是，難道反而笑話我不成？」

賈母很贊同鳳姐兒的話，笑著說道：「是啊！是啊！這兩日我竟沒有痛痛的笑一場，幸虧有她，才一路笑得我心裡痛快了些，我要再吃一鍾酒！」老太太吃著酒，又命寶玉：「也敬你姐姐一杯。」鳳姐兒很會說話，她立刻笑道：「不用他敬，我討老祖宗的壽罷。」說著，便將賈母的杯拿起來，將半杯剩酒吃了，將杯遞與丫鬟，另將溫水浸的杯換了一個上來。

這時，被冷落在一旁的女先生說道：「老祖宗既不愛聽說書，或者我們彈一套曲子給您聽聽吧？」賈母便要她們彈一套《將軍令》，而且要大家都移進暖閣炕上去聽曲。她說：「我們都坐在一處擠著，又親香，又暖和。」眾人都道：「這才有趣！」

現在我們知道孝順老人家的方法之一，就是讓他們多聽聽笑話，或者經常陪他們說說笑笑，大家痛痛快快地笑一笑，而且最好是親香暖和、氣氛融洽地聚在一處，這樣一來，爺爺奶奶們一定會感到很紓壓，而且還能夠使大家都延年益壽呦！

二十二、這才是真正說笑話的高手！

大多數人面對《紅樓夢》，可能還停留在女主角林黛玉多愁多病的印象上，以為她總是心思細膩，一向纏綿哀傷，心情更是鬱鬱寡歡吧？其實不然，林黛玉可是個搞笑的高手喔！她經常帶著大家說說笑笑，在大觀園裡，還曾經製造了不少歡樂的氣氛呢！

就在劉姥姥暢遊過大觀園，剛回去的時候。賈寶玉的四妹妹惜春，突然向詩社請長假了！社長李紈說道：「社還沒起，就有脫滑的了，四丫頭要告一年的假呢。」這時林黛玉便笑著說道：「都是老太太昨兒一句話，又叫她畫什麼園子圖兒，惹得她樂得告假了。」探春回想昨天的情形，便解釋道：「也別怪老太太，都是劉姥姥的一句話。」那林黛玉卻忙接著說：「可是呢，都是她一句話。他是那一門子的姥姥，直叫她個『母蝗蟲』就是了。」說得眾人都笑了。寶釵笑道：「世上的話，到了鳳丫頭嘴裡也就盡了。幸而鳳丫頭不認得字，不大通，不過一概是市俗取笑。更有顰兒這促狹嘴，她用《春秋》的法子，將市俗的粗話，撮其要，刪其繁，再加潤色，比方出來，一句是一句。這『母蝗蟲』三字，把昨兒那些形景都現出來了。虧她想得倒也快。」可見寶釵十分欣賞黛玉給劉姥姥取的綽號！因為只用了三個字，就將昨天遊樂的一番景象都描畫出來了！

眾人聽了，也都笑道：「寶姑娘這一注解，也就不在她兩個之下了。」李紈便問道：「我請你們大家商議，給她多少日子的假。我給了她一個月她嫌少，你們怎麼說？」黛玉剛剛發揮了她寥寥數筆就能素描畫面的功夫，接下來又做了一番頗費篇幅，又吊人胃口的述說：「論理一年也不多。這園子蓋才蓋了一年，如今要畫，自然得二年工夫呢。又要研墨，又要蘸筆，又要鋪紙，又要著顏色，又要……。」

這段話等於是在諷刺完劉姥姥之後，接著又打趣起惜春來了！所以眾人聽她說到這裡，都知道她在取笑惜春，便都笑問說：「還要怎樣？」黛玉努力撐住不笑出來，說道：「又要照著這樣兒慢慢的畫，可不得二年的工夫！」眾人聽了，都拍手笑個不住。寶釵笑道：「有趣，最妙落後一句是『慢慢的畫』，她可不畫去，怎麼就有了呢？所以昨兒那些笑話兒雖然可笑，回想是沒味的。你們細想顰兒這幾句話雖是淡的，回想卻是有滋味。我倒笑得了不得了。」惜春瞋怒道：「都是寶姐姐稱讚得她越發逞起強來了，這會子又拿我取笑兒！」那黛玉連忙拉著她笑道：「我且問妳，還是單畫這園子呢？還是連我們眾人都畫在上頭呢？」惜春道：「原說只畫這園子的，昨兒老太太又說，單畫園子成個房樣子了，叫連人都畫上，就像行樂圖似的才好。我又不會這工細樓臺，又不會畫人物，又不好駁回，正為這個為難呢。」

聽了惜春的話，沒想到黛玉愈發一口氣將笑話說到了最高潮：「人物還容易，妳草蟲上能不能？」李紈不解，問道：「妳又說不通的話了，這個上頭哪裡又用得著草蟲？或者翎毛倒要點綴一兩樣。」黛玉笑著解釋道：「別的草蟲不畫罷了，昨兒『母蝗蟲』不畫上，豈不缺了典！」眾人聽了，又都笑起來。

笑話講到這一刻，林黛玉還不放手，她一面笑得兩手捧著胸口，一面說道：「妳快畫吧，我連題跋都有了，起個名字，就叫作《攜蝗大嚼圖》。」眾人聽了越發大笑得前仰後合。只聽「咕咚」一聲響，不知什麼東西倒了，急忙看時，原來是湘雲伏在椅背上，那椅子原不曾放穩，被她全身伏著大笑，她又不提防，兩下裡錯了勁，向東一歪，連人帶椅都歪倒了，幸有板壁擋住，不曾落地。眾人一見，越發笑個不住。寶玉忙趕上去扶了起來，方漸漸止了笑。

回想《老殘遊記》裡有一段王小玉說書，說她：「唱了十數句之後，漸漸的越唱越高，忽然拔了一個尖兒，像一線鋼絲拋入天際，（老殘）不禁暗暗叫絕。

那知她於那極高的地方，尚能迴環轉折。幾轉之後，又高一層，接連有三四疊，節節高起。恍如由傲來峰西面攀登泰山的景象，初看傲來峰削壁千仞，以為上與天通。及至翻到傲來峰頂，才見扇子崖更在傲來峰上。及至翻到扇子崖，又見南天門更在扇子崖上。愈翻愈險，愈險愈奇！」

其實林黛玉說笑話，也有這樣的特質，先鋪陳背景，再左右開弓，既諷刺了劉姥姥來一趟賈府便又吃又拿的粗蠢形象；也打趣了惜春姑娘想藉由不怎麼高明的畫畫技巧來躲避她更不擅長的詩社活動。最後再將姥姥討的畫與惜春將要下筆的題材相互結合起來，將兩個人都再譏刺一番！妙的是，眾人都聽得懂她話中有話，所以笑得了不得！連平常端莊穩重的薛寶釵也說她笑得受不了！而活潑好動的史湘雲竟然差點從椅子上摔下來呢！林黛玉這樣的辭令技巧，也可以說是了「愈翻愈險，愈險愈奇」了吧！

二十三、「美」的暗示

如果我說《紅樓夢》是一部很美的書！不知道在你的腦海中會出現怎樣的畫面？其實我的意思很簡單，就是在這本書裡所出現的生活細節，包含：飲食、服裝、居家生活布置等等，可說是無一不美！

讓我們信手翻開第三十一回吧。在這一回小說裡出現了兩件很精緻的小物件，一個是吃的，另外一個是穿戴在身上的。那是什麼呢？原來王夫人心疼兒子賈寶玉挨了父親一頓打，於是便問道：「你想什麼吃？我給你送來。」寶玉笑道：「倒不想什麼吃，就是那一回做的那小荷葉兒、小蓮蓬兒的湯還好些。」原來賈寶玉想要一碗麵湯，其實就是我們一般常做的麵疙瘩。

只不過這一碗麵疙瘩的做法非常特殊！導致王熙鳳驚呼連連，笑著說道：「這口味不算高貴，只是做法太麻煩了！」可是賈母寵愛孫子，便一疊聲的叫人做去。那鳳姐兒就勸說：「老祖宗別急，等我想一想這模子是誰收著呢。」可見他們家吃麵湯，這麵疙瘩不是用刀削的，也不是用手捏的，而是要印在模子裡，做出各種精巧的造型來。

但是這一套模子在哪裡呢？王熙鳳一時想不起來了！她回頭吩咐個婆子去問管廚房的。那婆子去了半天回來說：「管廚房的說，四副湯模子都交上來了。」鳳姐兒聽說，想了一想道：「我記得是交上來了，就不知交給誰了，多半是收在茶房裡。」一面又遣人去問管茶房的，可是他們也不曾收。最後還是管金銀器皿的送了來。

那麼究竟這些壓麵團的模子，長得什麼樣呢？薛姨媽先接過來瞧時，原來是個小匣子，裡面裝著四組銀模子，都是一寸見方，大約就是豆子一般大小。而造型呢？有菊花的，也有梅花的，也有蓮蓬的，也有菱角的，共有三四十種細緻的花樣，純銀打造得十分精巧，不知道的人恐怕還會以為那是什麼樣難得的工藝品呢！因此薛姨媽蠻驚訝地向賈母、王夫人說道：「你們府上也都想絕了，吃碗湯還有這些樣子！若不說出來，我見了這個，也不認得這是做什麼用的。」

鳳姐兒不等人說話，趕忙解釋道：「姑媽哪裡曉得，這是去年備膳的時候，他們想出來的花樣，弄些麵團印出來，再借點新荷葉的清香，主要是仗著好湯頭，其實沒什麼特別的，誰家家常飯吃它呢！就是去年貴妃省親的時候做過一次，不知道寶玉今日怎麼突然想起來了！」

說著接了銀模子過來，遞與個婦人，吩咐廚房的人立刻拿幾隻雞，再添些配料，做出十幾碗來。那王夫人卻問道：「為什麼要做這麼多碗？」鳳姐兒笑道：「有個原故：這一宗東西家常不常做，今兒寶兄弟提起來了，如果單做給他吃，老太太、姑媽、太太都不吃，似乎不大好。不如趁這個機會弄些給大家吃，就連我也沾光了。」賈母聽了笑道：「猴兒，把妳乖的！拿著官中的錢讓妳來做人情。」說得大家都笑了。鳳姐也忙笑道：「這個小東道我還孝敬得起。」便回頭吩咐婦人：「說給廚房裡，只管好生添補著做了，記在我的帳上來領銀子。」婦人答應著去了。

讓我們想像一下，在一碗麵湯裡，載浮載沉著豆子般大小的麵團，都是些小梅花、小菊花、小蓮蓬和小菱角的立體造型。那模樣是不是很萌呢？況且雞湯的湯頭又好！還帶點荷葉的清香呢！

到了這一回的下半段，賈寶玉想打個絡子，於是便找來手工最巧的鶯兒幫忙。什麼是絡子呢？絡子就是用絲線打成各式各樣的中國結，可以編成一個小袋子裝東西，也可以做成配飾掛在腰間、扇墜，以及布簾子上用來美化日常小物。我們看寶玉笑著向鶯兒說道：「煩妳來不為別的，只為替我打幾個絡子。」鶯兒問道：「是預備裝什麼的絡子？」寶玉便笑道：「不管裝什麼的，妳都每樣打幾個罷。」鶯兒拍手笑道：「這還了得！要這樣，十年也打不完了。」寶玉笑道：「好姐姐，妳閑著也沒事，都替我打了罷。」襲人笑道：「哪裡一時都打得完呢？如今先選要緊的打幾個吧。」鶯兒道：「日常小物哪有什麼要緊的？不過是扇子、香墜兒和汗巾子。」

所謂汗巾子，就是繫在褲腰上的綁帶，一般都是藏在外衣裡面的。這時寶玉也覺得先裝飾衣服內層的汗巾子，是個好點子。於是鶯兒便問他：「你的汗巾子是什麼顏色的？」寶玉說：「大紅的。」鶯兒道：「大紅的需是黑絡子才好看，或是石青的才壓得住顏色。」寶玉對於配色的學問也很有興趣，因此繼續問道：「如果是松花色，要配什麼？」鶯兒道：「松花配桃紅。」寶玉笑道：「這才嬌艷。如果再要雅淡之中帶些嬌艷，又該怎麼配色呢？」鶯兒回答道：「蔥綠、柳黃是我最愛的。」寶玉道：「聽起來不錯！也打一條桃紅，再打一條蔥綠。」

解決了配色的問題之後，鶯兒又問要打什花樣的絡子。寶玉道：「一共有幾種花樣呢？」鶯兒說：「有一炷香、朝天凳、象眼塊、方勝、連環、梅花、柳葉……等等。」寶玉道：「前兒妳替三姑娘打的那花樣是什麼？」鶯兒道：「那是攢心梅花。」寶玉道：「就是那樣的好。」

接下來寶玉一面看鶯兒打絡子，一面和她說閒話。過不久，寶釵來了。寶玉忙讓坐。寶釵也對打絡子很有興趣，她問鶯兒：「打什麼呢？」然後又笑道：「裝飾汗巾子有什麼趣兒？倒不如打個絡子把玉絡上呢。」一句話提醒了寶玉，便拍手笑道：「倒是姐姐說得是，我怎麼就忘了。只是配個什麼顏色才好？」寶釵便又將自己一番配色的道理說出來：「若用雜色斷然使不得，大紅又犯了色，黃的又不起眼，黑的又過暗。等我想個法兒把那金線拿來，配著黑珠兒線，一根一根的拈上，打成絡子，這才好看。」寶玉聽說，喜之不盡，一疊聲便叫襲人取金線來。

《紅樓夢》裡的日常小物件，無論是名為「蓮蕊羹」的麵食點心，或是「攢心梅花」

的彩絲纓絡，都反映出曹雪芹很熱衷於對美麗事物的描寫。它們不僅名稱別緻，樣式新穎，而且還有很深刻的文學意涵。當我們知道那蓮蕊羹其實不是寶玉自己想吃，而是為了金釧投井的事件，想安慰金釧的妹妹玉釧，所以特地要求鳳姐做的。這道美食在讀者的心中因此飽含了一份特殊的情誼。此外，薛寶釵想以金線做絡子來籠絡通靈寶玉，這裡恐怕也是在暗示讀者，寶釵的心中其實一直心心念念記掛著她和寶玉之間，有所謂「金玉良緣」的可能。

《紅樓夢》裡的小物件，隨時隱含著人情之美，以及對於人物的諷刺。我們豈能因為它的微小，而等閒視之呢？

二十四、分享禮物，分享愛！

在整部《紅樓夢》裡，有賈、史、王、薛四大家族。其中的薛家，核心人物組成了一個單親小家庭。那便是薛姨媽帶著兒子薛蟠，以及女兒薛寶釵，以皇商的身分持續作點生意，一貫過著富裕的生活。

別看他們只是孤兒寡母，薛蟠又很不成材。當母子三人聚在一起的時候，薛蟠還是很能展現孝順媽媽和友愛妹妹的一面。在這個單親小家庭裡，哥哥的表現方方面面都不如人意，他曾經打死了人還不用償命，又因為行為不雅，被柳湘蓮痛揍了一番，再加上平時形象猥瑣不堪，又習慣結交狐群狗黨，竟成了地方上的惡霸！反觀他的妹妹薛寶釵卻處處顯得賢惠端方、善解人意，況且文學藝術的造詣又在眾人之上！

這樣一對兄妹，很難令人相信是出自同父同母，可是當我們近距離觀察他們的家庭生活時，卻很驚訝地發現，哥哥薛蟠竟然如此疼愛妹妹！有一回薛蟠從蘇州做生意回來，以他的個性一定是丟三忘四的，所以直到十幾天後，才有門外的小廝進來回說：「張總管的伙計著人送了兩個箱子來，說這是爺自己買的，不在貨賬裡面。本要早送來，因貨物箱子壓著，沒得拿；昨兒貨物發完了，所以今日才送來了。」一面說，一面又見兩個小廝搬進了兩個大棕箱。薛蟠一見，才想起他自己曾經買了一些禮物要送給媽媽和妹妹，他說道：「噯喲，可是我怎麼就糊塗到這步田地了！特特的給媽和妹妹帶來的東西，都忘了，沒拿了家裡來，還是伙計送了來的。」

寶釵當然知道哥哥的個性，於是她一邊搖頭一邊笑著說：「虧你才說是特特的帶來的，還是依舊這樣放了一二十天才送來；若不是特特帶來的，必定是要放到年底下才送進來呢！你也諸事太不留心了。」薛蟠笑道：「想是在路上叫賊把魂嚇掉了，還沒歸竅呢。」說著，大家笑了一陣，薛姨媽和寶釵便問薛蟠：「是什麼好東西？這樣捆著夾著，包裹得這麼費工夫！」

母女倆命人挑去繩子，去了夾板，開了鎖看時，滿箱子是些綢緞、綾錦、洋貨等家常應用之物。獨有寶釵得到了哥哥專門送給她的貼心禮物。我們來看一看那個專屬於她的箱子裡有些什麼玩意兒？首先是筆、墨、硯、各色箋紙、香袋、香珠、扇子、扇墜、花粉、胭脂頭油等物，可見哥哥還是很了解妹妹的，知道妹妹喜歡作詩填詞、寫字畫畫，所以送給她許多文房四寶等精美禮品。

底下的禮物更有意思了！有蘇州虎丘帶來的自行人、酒令兒、水銀灌的打筋斗的小小子，沙子燈，一齣一齣的泥人兒戲，還有用青紗罩的匣子裝著在虎丘山上專業師傅做的薛蟠小像，那泥捏成的小人兒竟然與薛蟠本尊一模一樣！此外還有許多碎小玩意兒，樁樁件件都很好玩！都很有趣！寶釵特地拿起薛蟠小像來和哥哥比一比，一面看一面樂得抿嘴笑。可見哥哥將妹妹當作小女孩似地寵愛著，一旦到外地去經商一趟回來，便帶上許多文具與玩具送給妹妹，好讓她開心！我們也看得出妹妹與哥哥感情很好，因此薛蟠送給妹妹一個哥哥的小像，讓妹妹看著玩兒。

那寶釵一見這麼多禮物，一時間滿心歡喜！罕見地顯露出小公主的派頭來，自己吩咐丫鬟們：「妳們將我的這個箱子，拿到大觀園裡去，我好就近從那邊送人。」一說著，便站起身來，告辭母親，往園子裡來。

寶釵隨著箱子一起回到大觀園內自己的房中，然後將東西逐件逐件過了目，除自己留用的東西之外，其他物品都一一分配妥當。那大觀園裡的姐妹們，每一位都得到了寶釵的禮物。也有收到筆、墨、紙、硯的，也有收到香袋、扇子、香墜的，也有獲得脂粉、頭油的，還有單送玩意兒的。他們每一個人所得到的禮物，都是寶釵細心地依照各人的興趣喜好所而進行的分配。其中唯有黛玉的禮物比別人的更多更好，足足比眾人加厚了一倍。在一一打點完後，寶釵便叫丫鬟鶯兒同一個老婆子跟著，隨她親自送往各處。《紅樓夢》呈現出母慈子孝、兄妹和睦的家庭生活景象。在這個禮尚往來、富而好禮的家庭生活環境裡，我們看到每個孩子各有不同的性情，像是：薛蟠落拓不拘小節的性格，而薛寶釵卻又能在人前人後表現得禮數周到。其實在我們自己的家庭環境裡，只要仔細觀察，也會發現兄弟姐妹之間每一個人的個性都不一樣，重要的是，兄弟姐妹之間要彼此友愛，大家一同孝順父母，有好東西總是記得與他人分享同樂，這樣的生活才會越來越幸福美好，你說是嗎？

二十五、好吃又好玩的社團活動

在學校裡，你可喜歡參加團體活動？甚至於跑跑社團呢？在《紅樓夢》的大觀園裡，這些青春的少男少女們最喜歡的社團之一，就是海棠詩社了。而隨著一年四季，這偌大的花園裡，不僅僅有海棠花，在景色不斷地更迭之中，我們會驚喜地見到這裡時而花柳爭妍，時而雨雪飄零，而大自然的風情萬種，其實都是吟詩、作畫、寫文章的好題材。而這詩社活動裡最不可少的一個小環節，就是美食佳餚了！例如：秋天吟詠菊花詩的時候，他們就舉辦了一個活潑生動又有趣味兒的螃蟹宴。那麼到了隆冬時節，大夥兒聚在一起作詩的時候，他們又該吃些什麼

特別的食物呢?答案竟然是:「烤鹿肉」!原來《紅樓夢》裡的人兒也喜愛吃烤肉呢!讓我們一起來看看以下的故事。

在某個冬天的夜裡,寶玉因心裡記掛著明日要參加詩社了,因此一夜沒好生睡,天亮了就爬起來,掀開床帳子一看,雖門窗尚掩,只見窗上光輝奪目,心內早躊躇起來,他擔心天氣要是放晴了,日光一出,還怎麼詠雪呢?於一面起來掀起窗屜,從玻璃窗內往外一看,原來那亮晃晃的光線,並不是日光,而是下了一夜大雪之後所形成的白光!而今這場雪下得將近有一尺多厚,此刻天上仍是搓綿扯絮一般,仍在下雪。

寶玉此時歡喜非常!忙喚人起來,盥漱已畢,只穿一件茄色哆羅呢狐皮襖子,外罩一件海龍皮小小鷹膀褂子,束了腰,披了玉針蓑,戴上金藤笠,登上沙棠屐,忙忙地往蘆雪庵走來。他踏出院門,四顧一望,大地一片銀白,真是美極了!同時望見遠遠的青松翠竹,也發現此時自己就好像是被裝在晶瑩透亮的玻璃盆內一般。於是寶玉快樂地大步走至山坡之下，順著山腳，剛轉過去，便聞得一股寒香拂鼻。回頭一看，恰是妙玉門前，櫳翠庵中有十數株紅梅花，如今盛開得如同胭脂一般，那大紅的梅花映著瑩白的雪色，分外顯得精神，好不有趣！寶玉便站立住，細細地賞玩一回。便往今天詩社聚會的地點蘆雪庵走去。

當他來至蘆雪庵，只見丫鬟、婆子正在那裡掃雪開徑。原來這蘆雪庵蓋在傍山臨水的河灘之上，有幾間茅檐土壁，槿籬竹牖，推窗便可垂釣，四面都是蘆葦掩覆，另有一條小逕，逶迤穿蘆度葦過去，便銜接上藕香榭的竹橋了。

眾丫鬟、婆子見他披蓑戴笠而來，卻笑道：「我們剛才還說少一個漁翁，可巧就來了！姑娘們吃了飯才來呢，你也太性急了！」寶玉聽了，只得回來。剛至沁芳亭，見探春正從秋爽齋出來，圍著大紅猩猩氈斗篷，戴著觀音兜，扶著小丫頭，後面一個婦人打著青綢油傘。他們兄妹二人便結伴一同往賈母的上房去請安和吃早餐。

來到上房，又看到平日睡在老太太屋裡的薛寶琴正在梳洗更衣。一時眾姊妹們都來齊了，寶玉只嚷著：「餓了！」便連連催飯。好不容易等擺上飯來，可是頭一樣菜卻是牛乳蒸羊羔。賈母便說：「這是我們有年紀的人的藥，沒見天日的東西，你們小孩子們吃不得。今兒另外有新鮮鹿肉，你們等著吃吧。」然而寶玉卻等不得，只拿茶泡了一碗飯，就著野雞瓜齏，忙忙的咽完了。

賈母看著他急急忙忙吃早餐的樣子，就知道：「你們今兒又有事情，連飯也不顧吃了。」便叫人：「留著鹿肉，給他晚上吃。」鳳姐忙回答說：「還有呢！」那史湘雲聽說今天廚房有新鮮鹿肉，便悄悄和寶玉計畫著：「有鮮鹿肉，不如咱們要一塊來，自己拿到大觀園裡，又玩又吃。」寶玉聽了，巴不得一聲兒，便真和鳳姐要了一塊，命婆子送入園去。

不一會兒，大家進園齊往蘆雪庵來，聽社長李紈出題限韻，卻獨不見湘雲和寶玉二人。黛玉最是耳聰目明，馬上就知道他們兩個人做什麼去了，便說道：「他兩個再不能聚在一處，否則不知道要生出多事來！這會子一定是算計那塊鹿肉去了。」

正說著，只見李嬸娘也走來看熱鬧，因問李紈道：「怎麼一個帶玉的哥兒和那一個挂金麒麟的姐兒，那樣乾淨清秀，又不少吃的，他兩個在那裡商議著要吃生肉呢！說得有來有去的。我只不信，肉也生吃得的？」眾人聽了，都笑道：「了不得，快拿了他兩個來！」黛玉又對眾人說笑道：「這一定雲丫頭鬧的，我卜的卦是不會錯的！」

李紈等人忙出來，找著他兩個，然後嚴格說道：「你們兩個要吃生的，我送你們到老太太那裡吃去。哪怕吃掉一整隻鹿，撐病了也不與我相干。這麼大雪，怪冷的，還給我闖禍呢！」寶玉趕忙笑著解釋道：「沒有的事，我們是要吃燒肉。」接下來我們就看見老婆子們拿了鐵爐、鐵叉、鐵絲網來，李紈又囑咐道：「仔細割了手，不許哭！」說著，便同探春進屋去了。

這時鳳姐兒指派平兒進大觀園來傳話，湘雲見了平兒，那裡肯放她走？而平兒也是個好玩的，素日跟著鳳姐兒也經常玩得很瘋！現在看見燒烤鹿肉這等有趣的事情，她也樂得留下來玩一玩，因而褪去手上的鐲子，與湘雲、寶玉三個圍著火爐兒，便先烤了三塊來吃。像這樣出格兒的情況，寶釵和黛玉平素是看慣了，也不以為意，只有外來的客人寶琴和李嬸娘深以為罕事。

而探春與李紈雖然很認真地議定了今天大家作詩的題目與韻腳，然而探春卻忍不住笑道：「你聞聞，烤肉的香氣，這裡都聞得到！我也吃去。」說著，也找了他們來。李紈也隨之而來，又說：「社員都來齊了，你們還吃不夠？」湘雲一面吃，一面說道：「我吃這個方愛吃酒，吃了酒才有詩。若不是這鹿肉，今兒斷不能作詩。」說著，只見寶琴披著鳧靨裘站在那裡笑。湘雲笑道：「傻子，過來嘗嘗。」寶琴笑說：「怪髒的。」寶釵道：「妳嘗嘗去，好吃的。妳林姐姐弱，吃了不消化，不然她也愛吃。」寶琴聽了，便過去吃了一塊，果然好吃，便也吃起來。

一時，鳳姐兒打發小ㄚ頭來叫平兒。平兒說：「史姑娘拉著我呢，妳先走罷。」小ㄚ頭去了。一時，只見鳳姐也披了斗篷走來了，她笑道：「吃這樣好東西，也不告訴我！」說著，也湊著一處吃起來。黛玉見大家都吃起肉來了，只得笑道：「哪裡找來這一群叫花子！罷了，罷了，今日蘆雪庵遭劫，生生被雲ㄚ頭作踐了。我為蘆雪庵一大哭！」湘雲冷笑道：「妳知道什麼！我是『真名士自風流』，你們都是假清高，最可厭的。我們這會子腥羶，大吃大嚼，回來卻是錦心繡口。」寶釵笑道：「好，妳等會兒若是詩作得不好了，把那肉掏了出來，就把這雪壓的蘆葦子摁上些，以完此劫。」

這一場烤肉大會，大家可真是吃得興高采烈呢！你知道這一頓肉肉大餐，最後達到了怎樣的效果嗎？結果竟然連不認識字的王熙鳳都做出了今天的第一句詩：「一夜北風緊。」果然好吃的食物，也能夠引發人們風雅的情緒。你是不是也因此而感到驚嘆呢？下回吃烤肉的時候，可別忘了吟一首詩來助助興呦！

二十六、繽紛煥彩的天空舞台

你喜歡放風箏嗎？每當天氣清爽又起風的日子，頂著一只大風箏在曠野間、山坡上奔跑，讓風箏乘風翱翔，飛得又高又遠，是不是很令人心曠神怡，而且煩慮頓消呢？難怪古人總以為放風箏可以去晦氣呢！

例如：大觀園裡的男孩女孩們就很愛放風箏，也很懂得如何將風箏放得又高又遠。這大概是因為《紅樓夢》的作者曹雪芹，本身就是一位風箏達人！他不僅放風箏的技巧高超，而且還會製作各式各樣的風箏呦！

事實上，曹雪芹在他的《南鷂北鳶考工志》這本書的序文裡，曾說過一個有趣的故事：「風箏實在是一種小玩意兒，比起書法字畫來說，它不夠文雅；而比起一般的器物來看，它又不實用。因此大部分的人並不會在這件小事物上做太多的鑽研。我今天之所以會寫下這本關於風箏工藝的圖書，完全是為了一個朋友，他的名字叫于景廉。

有一年隆冬臘月時節，景廉突然來找我，而且聊著聊著竟然就掉下眼淚來了！他說：家裡已經三天沒飯吃了，最近天氣這麼冷！我到處去借錢，也到處碰壁。我的孩子們都很小，一個個哭哭啼啼拉著我的衣角，對我說：爸爸我好餓！好冷！」

于景廉看到自己的孩子又冷又餓，心如刀絞，簡直生不如死！而曹雪芹聽到他這樣說，心裡也很淒涼，於是陪著他一起掉眼淚。因為曹雪芹的生活也非常窮困，實在沒有辦法接濟這位身上患有殘疾，因此到處找不到工作的老朋友。可是他們在閒話聊天的時候，竟意外地提到最近京城裡興起了一股搶購風箏的熱潮！

某些有錢人可以花數十兩銀子買一只風箏。于景廉感慨地說：「那一只風箏的錢，足夠我們全家人活好幾個月了！」

這一段話，讓曹雪芹想起自己原來也是很會做風箏的。於是他便用手邊的竹子和紙張為老于做了幾個蠻像樣的風箏。曹雪芹原是做著好玩兒的，然而令人意想不到的是，就在那年除夕夜，于景廉冒著大雪又來看他，並且帶了許多酒菜來送給曹雪芹，以此表達他的謝意。老于說：「真謝謝你呀！沒想到你做的那幾個風箏，讓我賣了很多錢哪！我的家人大概可以舒舒服服的過上一整年了！」

事後曹雪芹很感慨，他想：古代聖人認為理想的社會是：「鰥寡孤獨廢疾者，皆有所養。」可是如今這個社會，像老于這樣因為從軍打仗而傷了一條腿，於是走路有點跛腳的人，便到了養不活自己和家人的地步！這實在太可悲了！曹雪芹不知道如果幫助老于專門從事風箏這個行業，可不可以養家？但是他願意試試看。因此一口氣畫了許許多多新式樣的風箏，並且說明怎麼彩繪、怎麼紮糊。他之所以願意繪製這樣一本工具書，目的就是為了讓許多身心障礙的人，也有謀生的技能。

小小一本DIY的風箏工具圖鑑，包含了曹雪芹對社會的大愛！實在令人感動！

曹雪芹既然這麼會做風箏，想當然，他也將這一項興趣寫進小說裡了。所以讓我們再回到《紅樓夢》的情節，一起來看看小說第七十回。那時大觀園裡的男孩女孩們正在比賽作詩，薛寶釵以一句：「好風頻借力，送我上青雲！」得到眾人的喝采！就在即將拔得頭籌的時候，大家突然聽到窗外竹子上一聲巨響！好像整個窗簾架子倒了一般，眾人都嚇了一跳！丫鬟們趕忙跑出去看時，便有個丫鬟大聲嚷道：「哎呀！有一個大蝴蝶風箏，挂在竹梢上了！」眾丫鬟都笑道：「可不是嗎？好一個漂亮風箏啊！不知是誰家放斷了繩。我們快把它拿下來。」

賈寶玉等人聽見了，也都出來看，寶玉首先笑道：「我認得這風箏。這是大老爺那院裡嬌紅姑娘放的，拿下來給她送回去吧。」可是紫鵑卻笑說：「難道天下沒有一樣的風箏，單她有這個不成？我不管，我要沒收她的。」這時探春卻阻止道：「紫鵑也學小氣了。妳們自己不是也有風箏，這會兒撿人家的，也不怕忌諱！」紫鵑的主人黛玉便笑道：「可不是嗎！又不知道是誰放晦氣的，快丟出去吧！把咱們的風箏拿出來，咱們自己也來放放晦氣。」紫鵑聽了，趕忙命小丫頭們將這個風箏送出大觀園。

此時園裡的小丫頭們聽見可以放風箏了，大家高興得七手八腳都忙起來了。首先拿出一個美人風箏來，然後搬了高凳來準備放這個美人箏。另外也有幾個丫鬟去取剪刀，也有撥籰（原字為上竹下籰）的。寶釵等幾位早已站立在院門前，命丫頭們到院外寬敞的地方準備放風箏了。薛寶琴笑她姐姐：「妳這個不大好看，不如探春三姐姐的那一個軟翅子大鳳凰好看。」寶釵看看自己的風箏，也笑說道：「真的耶！」於是回頭笑著向史湘雲的丫鬟翠墨說：「妳去把妳們的拿來也放放。」翠墨笑嘻嘻的跑也取去了。

這時寶玉又興頭起來，也打發個小丫頭子回家去拿風箏，他說：「把昨兒賴大娘送我的那個大魚取來。」可是小丫頭子去了半天，卻空手回來，還笑著說道：「大魚風箏昨天被晴雯姑娘放走了。」寶玉埋怨道：「我都還沒放一遭兒呢。」探春安慰他說：「她也是為了給你放晦氣嘛。」寶玉便又說道：「也罷。再把那個大螃蟹拿來吧。」丫頭們去了，不久，又同了幾個人一起扛了一個美人箏並矍（原字為上竹下矍）子來，說道：「襲姑娘說，昨兒把螃蟹風箏給了三爺賈環了。這一個美人箏是管家林大娘剛才送來的，你就放這一個吧。」寶玉仔細看視了一回，只見這美人做的十分精致。心中歡喜，便命丫鬟放起來。

此時探春的風箏和翠墨帶著幾個小丫頭子們的風箏，都已經在那邊山坡上放了起來。寶琴也命人將自己的一個大紅蝙蝠也取來。寶釵一時高興，也取了一個來，大家看時，卻是一連七個大雁的，好壯觀！也都叫人放起來。此時唯獨寶玉的美人箏，不知道怎麼回事，就是放不起來。寶玉抱怨丫頭們不會放，便自己親自放了半天，也只放了一層樓高，便掉落下來了。急得寶玉頭上出汗，眾人又笑他。寶玉恨得將美人箏擲在地上，指著風箏罵道：「若不是個美人，我就一頓腳，跺個稀爛！」

這時林黛玉笑了，她解釋道：「那是頂線不好，拿出去找人重新打了頂線，就好了。」寶玉於是一面派人拿去打頂線，一面又取另一個來放。不久之後，大家都仰面看著天空，好幾個風箏都飛在半空中了。

一時，丫鬟們又拿了許多各式各樣的「送飯的」來。所謂「送飯的」，又叫做「碰」，那是一種憑藉風力，把各式各樣小玩意兒沿著風箏線送到天上的裝置。等這些小物件順著風箏線到達頂端之後，便會與預先拴在風箏上的橫棍相碰撞，風翼折起後又自動沿著風箏線滑下來。有些送飯的還可以在落下來之後又自動飛上去，成為「來回碰」。當時有多種「送飯」的玩法，例如：送彩紙上天，再紛紛撒下來，這種玩法叫做「天女散花」。又有許多珠珠的「來回碰」，將之放在龍頭、蜈蚣風箏上，特稱之為「龍戲珠」。有時風箏上還掛了鞭炮，等「送飯的」帶了香火上去點燃鞭炮，空中的風箏頓時發出劈劈啪啪的劇烈聲響！極有喜慶氣氛。還有一種送飯的，是將一整串點亮的小燈籠送上去，如果是在夜間施放，一定很美麗！

大觀園裡的孩子們玩得好開心！紫鵑笑道：「這個時候風勁正大，姑娘來放罷。」林黛玉聽說，便用手帕墊著手，頓了一頓，果然風緊力大，她接過籰子來，隨著風箏的勢將籰子一鬆，只聽一陣「豁剌剌」響，登時籰子上的線就盡了。黛玉回頭讓眾人來剪斷風箏線。眾人都笑道：「我們各人都有，妳先請吧。」黛玉開心地笑道：「這一剪斷，雖有趣，只是有點捨不得。」李紈便勸她道：「放風箏圖的就是這一樂，所以又說是『放晦氣』，妳更該多放些，把妳這病根兒都帶了去就好了。」紫鵑也笑道：「我們姑娘越發小氣了。過往我們哪一年不放好幾個？怎麼今天忽然又心疼了。姑娘不放，那我來放。」說著，向雪雁手中接過一把西洋小銀剪子來，齊䉶子根下寸絲不留，「咯登」一聲鉸斷，一邊笑道：「這一去，把病根兒可都帶了去了！」

大夥兒眼見那風箏飄飄飖飖，只管往後退了去，一時只有雞蛋大小，又過了一會兒，便只剩了一點黑星兒，再一會兒便都不見了。眾人都仰面睇著眼說到：「有趣，真有趣！」只有寶玉嘆息：「可惜風箏不知落到那裡去了？若是落在有人煙處，被小孩子們撿到了，那還好；若是落在荒郊野外，無人煙處，我替它寂寞。這樣吧，我再把這個也放上去，教它兩個作伴兒。」於是也用剪子剪斷，將手邊的風箏也放走了。

你是否也發現了？賈寶玉的深情與多情，是連一只沒有生命的風箏，他都願意為它付出感情的。

最後剩下探春的風箏還未剪，當她正要剪自己的鳳凰風箏的時候，突然看見天上另有一個鳳凰，因此疑惑地說道：「這也不知是誰家的？」眾人皆笑說：「先別剪斷妳的，看看另一個鳳凰好像慢慢靠近妳的……。」說著，只見那個鳳凰真的逐漸逼近來，然後便與探春的這只鳳凰絞在一起，難分難解了。眾人方要往下收線，那一家也要收線，正不開交，又來了一個門扇大的玲瓏「喜」字兒帶響鞭的風箏，在空中發出鐘鳴一般的聲響，也逼近來了。眾人都笑道：「這一個也來絞在一起了。且別收呀！讓它們三個絞在一處，倒有趣呢！」說著，那「喜」字果然與這兩個鳳凰絞在一處。三下齊收亂頓，誰知一下子線都斷了，那三個風箏，飄飄颻颻各自飛去了。眾人拍手，哄然一笑，說：「倒有趣，可不知那『喜』字是誰家的？太逗趣了！」

這會兒，大家聽見黛玉說：「我的風箏也放去了，我也乏了，我也要歇息去了。」寶釵說：「且等我們放了去，大家好散。」說著，看她姊妹們都放去了，於是便各自回去休息了。

其實探春所放的風箏，已暗示我們：鳳凰于飛，喜事臨門。也許三小姐婚是已近，但是曹雪芹隨即卻又寫道三個風箏纏在一處僅僅那麼一下子，卻都斷了線，而且各自不知所蹤。這是不是預告了探春婚姻的不幸呢？如果你感到好奇，不妨拿出《紅樓夢》原著來，繼續閱讀下去噢！我保證後面還有很多精彩的故事，等你來探索。

【附錄二】

家亡人散各奔騰

元代文人楊文奎在《兒女團圓》裡，曾說：「人無千日好，花無百日紅。早時不算計，過後一場空。」我們看《紅樓夢》榮、寧二府雖然富貴潑天、風華正茂，卻也有終將走向衰敗的一天。作者逐步地暗示我們：大觀園風流雲散的日子，就在不遠的前方。只是在此之前，他先鋪陳了兩樁詭異的事件，讓我們深陷在不正常而且又失序的泥淖裡，掙扎中感受到一股妖邪逼人的氣息。

首先是第九十四回出現了「海棠花妖」。那時林黛玉正和紫鵑在說話，突然聽見園裡一疊聲亂嚷，她們連忙去打聽。突然回來說道：「怡紅院裡的海棠本來已經枯萎了幾棵，也沒人去澆灌它。昨日寶玉走去，瞧見枝頭上好像有了花苞兒似的。人人都不信，也都不理它。忽然今日開出很美麗的海棠花！眾人詫異，都爭著去看。連老太太、太太也被驚動了，也來瞧花兒呢！所以大奶奶叫人收拾園裡敗葉枯枝，這些人便是在那裡叫喊的。」

黛玉聽見了，知道老太太進大觀園來，便更了衣，叫雪雁去打聽：「若是老太太來了，即來告訴我。」雪雁去不多時，便跑來說：「老太太、太太，還有好些人都來了，請姑娘就去吧。」

黛玉略自照了一照鏡子，掠了一掠鬢髮，便扶著紫鵑到怡紅院來，已見老太太坐在寶玉常臥的榻上，黛玉便說道：「請老太太安。」退後，便見了邢、王二夫人，回來與李紈、探春、惜春、邢岫煙彼此問了好。只有鳳姐因病未來；史湘雲因她叔叔調任回京，遂接了她回家去；薛寶琴跟她姐姐也搬回家去住了；李家姐妹因見園內多事，李嬸娘就帶了她們在外居住，所以黛玉今日見的只有數人。

大家說笑了一回，講究這花開得古怪。賈母說道：「這花兒應在三月裡開的，如今雖是十一月，因節氣遲，還算十月，應著小陽春的天氣，因為和暖，開花也是有的。」王夫人附和道：「老太太見的多，說得是。這花確實也不為奇。」只是邢夫人能有所猜疑：「我聽見這花已經枯萎了一年，怎麼這回不應時候兒開了？想必有個原故。」李紈便笑道：「老太太與太太說得都是。據我的糊塗想頭，必是寶玉有喜事來了，此花先來報信。」

以上那些人都是一廂情願附和著老太太的說法，只希望已經死掉的海棠又復活，是喜兆而不是悲音。於是她們都拿話來恭維賈母，只有探春雖不言語，心內卻想：「此花必非好兆。大凡順者昌，逆者亡。草木知運，不時而發，必是妖孽。」只不好說出來。

那林黛玉聽眾人說是喜事，心裡有所觸動，便高興說道：「當初田家有荊樹一棵，三個弟兄因分了家，那荊樹便枯了。後來感動了他弟兄們，仍舊在一處，那荊樹也就榮了。可知草木也隨人的。如今二哥哥認真念書，舅舅喜歡，那棵樹也就發了。」賈母、王夫人聽了喜歡，便說：「林姑娘比喻得有理，很有意思！」

正說著，賈赦、賈政、賈環、賈蘭都進來看花。賈赦便說：「據我的主意，把他砍去，必是花妖作怪。」賈政道：「見怪不怪，其怪自敗。不用砍他，隨它去就是了。」賈母聽見，便說：「誰在這裡混說！人家有喜事好處，什麼怪不怪的。若有好事，你們享去；若是不好，我一個人當去。你們不許混說！」賈政聽了，不敢言語，訕訕的同賈赦等走了出來。

那賈母還是很高興，叫人傳話到廚房裡，快快預備酒席，大家賞花。又叫：「寶玉、環兒、蘭兒各人做一首詩誌喜。林姑娘的病才好，不要她費心；若高興，給你們改改詩。」然後對著李紈說道：「你們都陪我喝酒。」李紈答應了「是」，便笑對探春笑道：「都是你鬧的。」探春道：「並沒有叫我們做詩，怎麼是我們鬧的？」李紈道：「海棠社不是妳起的麼？如今那棵海棠也要來入社了。」大家聽著，都笑了。一時擺上酒菜，一面喝著。彼此都要討老太太的歡喜，大家說些興頭話。寶玉上來，斟了酒，便立刻作了詩。就在賈母正高興的時候，寶玉突然想起：「就是在晴雯死的那年，海棠花也死了。今日海棠復榮，我們院內這些人自然都好。但是晴雯卻不能像花兒那般死而復生了。」於是頓覺轉喜為悲。忽又想起前日鳳姐要把五兒補入怡紅院，那麼或許此花就是為她而開的，也未可知，因而又轉悲為喜，依舊與大家說笑。

賈母坐了半天，然後扶著珍珠回去了。王夫人等也跟著過來。只見王熙鳳的丫鬟平兒笑嘻嘻的迎上來，說：「我們奶奶知道老太太在這裡賞花，自己不得來，叫奴才來服侍老太太、太太們，還有兩匹紅送給寶二爺包裹這花，當作賀禮。」襲人過來接了，呈與賈母看。賈母笑道：「偏是鳳丫頭行出點事兒來，叫人看著又體面，又新鮮，很有趣兒。」襲人笑著向平兒道：「回去替寶二爺給二奶奶道謝。要有喜，大家喜。」賈母聽了，笑道：「嗳喲，我還忘了呢！鳳丫頭雖病著，還是她想得到，送得也巧。」一面說著，眾人就隨著去了。

等老太太走遠之後，平兒私下與襲人悄悄道：「奶奶說，這花開得奇怪，叫妳鉸塊紅綢子掛掛，便應在喜事上去了。以後也不必只管當作奇事混說。」襲人點頭答應，送了平兒出去。

其實海棠花開得奇怪，眾人都是心知肚明的，我想尤其是老太太，她一輩子見多識廣，怎麼不曉得花不依時而開，必定有問題！只是她不想說破，希望藉由歡樂的宴會來壓一壓這不祥的兆頭。我們只看看這不說話的探春，和病中的王熙鳳，她自己不舒服，走不動，還趕緊派人送來了紅布，便可以看得出來她們心裡都早已升起一股迷惘的威脅和不祥的預感，只是不知道究竟會發生什麼事情罷了，但畢竟也無能為力，只能靜觀其變吧。

果不其然，到了第一百零一回，王熙鳳就撞見鬼啦！當時是黃昏以後，鳳姐兒忽然想起探春來，要瞧瞧她去，便叫豐兒與兩個丫頭跟著，前頭一個丫頭打著燈籠。四個人走出門來，見月光已上，照耀如水，鳳姐於是命打燈籠的人：「妳回去罷。」

可是當她走至茶房窗下，卻聽見裡面有人嘁嘁喳喳的，又似哭，又似笑，又似議論什麼的。鳳姐知道不過是家下婆子們又不知搬什麼是非，心內大不受用，便命小紅進去，裝做無心的樣子，細細打聽著，用話套出原委來。小紅便答應著去了。

現在鳳姐只帶著豐兒一個丫鬟來至大觀園的園門前，那門尚未關，只虛虛的掩著。於是主僕二人方推門進去，只見園中月色比著外面更覺明朗，滿地下重重樹影，杳無人聲，甚是淒涼寂靜。剛欲往秋爽齋這條路來，只聽「忽」的一聲風過，吹的那樹枝上落葉滿園中「唰喇喇」的作響，枝梢上「吱嘍嘍」發哨，將那些寒鴉宿鳥都驚飛起來。鳳姐剛吃了酒，被風一吹，只覺身上發噤起來。那豐兒也把頭一縮，說：「好冷！」鳳姐也撐不住，便叫豐兒：「快回去把那件銀鼠坎肩兒拿來，我在三姑娘那裡等著。」豐兒巴不得一聲，也要回去穿件衣裳再來，因此答應了一聲，回頭就跑了。

此時僅剩鳳姐一個人孤零零的剛舉步走了不遠，只覺身後「咈咈哧哧」，似有聞嗅之聲，不覺頭髮森然豎了起來。由不得回頭一看，只見黑油油一個東西在後面伸著鼻子聞她呢！那兩隻眼睛恰似燈光一般。鳳姐嚇得魂不附體，不覺失聲的「咳」了一聲，發現卻是一隻大狗。那狗抽頭回身，拖著一個掃帚尾巴，一口氣跑上大土山上，方站住了，回身猶向鳳姐拱爪兒。

鳳姐兒此時心跳神移，急急的向秋爽齋來。已將來至門口，方轉過山子，只見迎面有一個人影兒一恍。鳳姐心中疑惑，心裡想著必是那一房裡的丫頭，便問：「是誰？」問了兩聲，並沒有人出來，而鳳姐早已經嚇得神魂飄蕩，恍恍忽忽間似乎背後有人說道：「嬸娘連我也不認得了？」

鳳姐忙回頭一看，只見這人形容俊俏，衣履風流，十分眼熟，只是想不起是那房那屋裡的媳婦來。只聽那人又說道：「嬸娘只管享榮華、受富貴的心盛，把我那年說的立萬年永遠之基，都付於東洋大海了。」鳳姐聽說，低頭尋思，總想不起。那人冷笑道：「嬸娘那時是怎樣疼我的，如今就忘在九霄雲外了。」鳳姐聽了，此時方想起來她就是已經死去的秦可卿！便說道：「嗳呀！妳是死了的人哪，怎麼跑到這裡來了呢？」於是啐了一口，方轉回身，腳下不防一塊石頭絆了一跤，猶如夢醒一般，渾身汗如雨下！此時雖然毛髮悚然，心中卻也明白，只見小紅、豐兒影影綽綽的來了。鳳姐恐怕落人的笑話，連忙爬起來，說道：「妳們做什麼呢？！去了這半天？快拿來我穿上罷。」

於是便豐兒走至跟前，服侍她穿上衣服，小紅也過來攙扶。鳳姐向她們二人說道：「我才到那裡，她們都睡了，咱們回去罷。」一面說，一面帶了兩個丫頭急急忙忙回到家中。賈璉已回來了，只是見她臉上神色更變，不似往常，待要問她，又知她素日性格，不敢突然相問，只得睡了。

枯萎了的海棠花再度盛開，死去的秦可卿竟忽然出現在大觀園裡！兩件事情都顯得離奇！而且令人悚懼！海棠花妖事件之後不久，林黛玉魂歸離恨天；而秦可卿的鬼魂出現之後，王熙鳳便在散花寺抽了一籤，那籤詩卻是暗示她不久之後也將死去，並且棺材要運回老家。中國古人相信，個人有個人的命運，家族也有家族的命運，運旺的時候，想擋都擋不住；可是一旦到了運敗之際，那也是無力回天的。在賈府遇到抄家人亡等大災難之前，《紅樓夢》的作者已經透過一些不尋常的小事件，向我們預告，一旦大難來時，兵敗如山倒的運勢，恐怕誰也挽救不了。印證了《累聰明》裡的一段話：「家富人寧，終有個，家亡人散各奔騰。枉費了，意懸懸半世心；好一似，盪悠悠三更夢。忽喇喇似大廈傾，昏慘慘似燈將盡。呀！一場歡喜忽悲辛。嘆人世，終難定！」

【附錄二】

通靈幻境悟仙緣

在海棠花妖出現後不久，賈寶玉隨身佩戴的通靈寶玉竟然消失得無影無蹤了！這「命根子」一丟失，寶玉便整日昏昏沉沉，神志不清醒，可有時卻又能說出令人恍然大悟，似有禪機的話語來！之後賈寶玉竟然看見了家中已經死去的諸多親人，這些人一一來到賈寶玉的眼前，這究竟代表著什麼含義呢？往事歷歷，寶玉甚至想起了少年時代夢中見過的太虛幻境「薄命司」，以及《金陵十二釵》簿冊中，所暗示的所有少女的命運。他也親眼看見了那令人為之心動神怡、魂消魄喪的「絳珠仙草」，然而正因為如此，他愈發迷惘了！簡直不知自己身在何處？大觀園？太虛幻境？三生石畔？還是青埂峰？

故事發展到這裡，讀者大概也可以想見，寶玉脫離塵緣的日子，應是近在眉睫了！

我們先從小說第一百一十六回看起。話說寶玉的通靈寶玉終於失而復得，但是一聽麝月說道：「真是個寶貝！幸虧當初沒有砸破！」那賈寶玉不知為何立刻身往後仰，復又死去！登時急得王夫人哭叫不止！麝月自知闖禍了！便一面哭著，一面打定主意，心想：「若是寶玉死了，我便自盡，跟了他去。」這時王夫人見寶玉叫不回來，便急忙喚家人出來找那和尚來給予救治。可是那個原先將通靈寶玉送回來的和尚，如今卻已不知去向！

和尚失蹤的同時，寶玉已是口關緊閉，脈息全無。用手在心窩中一摸，所幸尚有溫熱。賈政只得急忙請醫灌藥救治。

其實寶玉的魂魄這時出了竅，他到哪裡去了呢？原來是恍恍惚惚又急匆匆地趕到前廳，見那送玉的和尚坐著，便施了禮。不料那和尚站起身來，拉著寶玉就走！

寶玉跟了和尚，覺得身輕如葉，飄飄搖搖，也沒出大門，竟不知從哪裡走了出來。行了一程，到了個荒野地方，遠遠的望見一座牌樓，寶玉覺得好像曾經來過。正要問那和尚時，只見前方來了一個女人。寶玉心想：「這樣曠野地方，那得有如此的麗人？必是神仙下界了。」寶玉想著，走近前來，細細一看，竟有些面熟，只是一時想不起來。而那女人與和尚打了一個照面，就不見了。寶玉一想：「對了！她是尤三姐。」可是想來想去越發納悶：「怎麼她也在這裡？」又要問時，那和尚拉著寶玉過了牌樓，便看見牌坊後乃是一座宮門。門上橫書四個大字道：「福善禍淫」。又有一副對子，大書云：

過去未來，莫謂智賢能打破；
前因後果，須知親近不相逢。

寶玉看了，心下想道：「原來如此！我倒想要問問過去未來，前因後果的事。」只這麼一想，便看見鴛鴦站在那裡，正招手兒叫他。寶玉趕上前去要和鴛鴦說話，豈知一轉眼又不見了！等走到鴛鴦站的地方兒，乃是一整排配殿，各處都有匾額。寶玉無心去看，只向鴛鴦立的所在奔去。見那一間配殿的門半掩半開，寶玉也不敢造次進去，正想要問那和尚一聲，回過頭來，和尚又不見了。

寶玉這是恍恍惚惚，就是想不明白，只見那殿宇巍峨，絕非大觀園景象。他想要進去找鴛鴦，問她：這是什麼所在？再細細想來，卻又感覺到甚是熟識，便仗著膽子推門進去。滿屋一瞧，並不見鴛鴦，裡頭只是黑漆漆的。他心下害怕，正要退出，見有十數個大櫥，櫥門半掩。寶玉忽然想起：「我少年時做夢曾到過這個地方。如今能夠親身到此，也是大幸。」

恍惚間，把找鴛鴦的念頭給忘了。遂又壯著膽把上首的大櫥開了櫥門一瞧，見有好幾本冊子。心裡更覺喜歡，想道：「大凡人做夢說是假的，豈知有這夢便有這事。我常說還要再做這個夢，卻一直夢不到，不料今兒被我找著了。但不知那冊子是我以前見過的不是？」

於是他伸手在上頭取了一本，冊上寫著《金陵十二釵正冊》。寶玉拿著冊子，一邊想道：「我恍惚記得就是這個，只恨記得不清楚。」便打開頭一頁看去。見上頭有畫，但是畫跡模糊，再瞧不出來。後面有幾行字跡，也不清楚，但尚可摹擬，便細細的看去，見有什麼「玉帶」，上頭有個好像「林」字，心裡想道：「不要是說林妹妹吧？」便認真看去，底下又有「金簪雪裡」四字，詫異道：「怎麼又像她的名字呢？」復將前後四句合起來一念，道：「也沒有什麼道理，只是暗藏著她兩個名字，並不為奇。獨有那『憐』字『嘆』字不好。這是怎麼解？」想到那裡，又自啐道：「我是偷著看，若只管呆想起來，倘有人來，又看不成了。」遂往後看去，也無暇細玩那畫圖，只從頭看去。看到尾兒，有幾句詞，什麼「相逢大夢歸」一句，便恍然大悟道：「是了！果然機關不爽，這必是元春姐姐了。若都是這樣明白，我要抄了去細玩起來，那些姊妹們的壽夭窮通，沒有不知的了。我回去自不肯泄漏，只做一個未卜先知的人，也省了多少閑想。」

於是他放眼向各處一瞧，並沒有筆硯，又恐人來，只得忙著看冊子去。只見圖上影影有一個放風箏的人兒，也無心去看。急急的將那十二首詩詞都看遍了。也有一看便知的，也有一想便得的，也有不大明白的，心下牢牢記著。一面嘆息，一面又取那《金陵又副冊》一看，看到「堪羨優伶有福，誰知公子無緣」先前不懂，見上面尚有花席的影子，便突然了悟，頓時大驚痛哭起來！

待要往後再看，聽見有人說道：「你又發呆了！林妹妹請你呢。」這好似鴛鴦的聲氣，回頭卻不見人。心中正自驚疑，忽鴛鴦在門外招手。寶玉一見，喜得趕出來。但見鴛鴦在前，影影綽綽地走，只是趕不上。寶玉叫道：「好姐姐！等等我。」那鴛鴦並不理，只顧前走。寶玉無奈，盡力趕去。忽見別有一洞天，樓閣高聳，殿角玲瓏，且有好些宮女隱約其間。寶玉貪看景致，竟將鴛鴦忘了。寶玉順步走入一座宮門，內有奇花異卉，都也認不明白。惟有白石花闌圍著一顆青草，葉頭上略有紅色，但不知是何名草，這樣矜貴。只見微風動處，那青草已搖擺不休，雖說是一枝小草，又無花朵，其嫵媚之態，不禁心動神怡，魂消魄喪。

寶玉只管呆呆的看著，只聽見旁邊有一人說道：「你是那裡來的蠢物？敢在此窺探仙草！」寶玉聽了，吃了一驚，回頭看時，卻是一位仙女，便施禮道：「我找鴛鴦姐姐，誤入仙境，恕我冒昧之罪！請問神仙姐姐，這裡是何地方？怎麼我鴛鴦姐姐到此，還說是林妹妹叫我？望乞明示。」那人道：「誰知你的姐姐妹妹！我是看管仙草的，不許凡人在此逗留。」寶玉欲待要出來，又捨不得，只得央告道：「神仙姐姐，既是那管理仙草的，必然是花神姐姐了。但不知這草有何好處？」那仙女道：「你要知道這草，說起來話長著呢。那草本在靈河岸上，名曰絳珠草。因那時萎敗，幸得一個神瑛侍者日以甘露灌溉，得以長生。後來降凡歷劫，還報了灌溉之恩，今返歸真境。所以警幻仙子命我看管，不令蜂纏蝶戀。」

寶玉聽了不解，一心猜疑必定是遇見花神了，今日斷不可當面錯過，因而問道：「管這草的是神仙姐姐了。還有無數名花，必有專管的，我也不敢煩問，只有看管芙蓉花的是那位神仙？」那仙女道：「我卻不知，只有我的主人才知道。」寶玉便問道：「姐姐的主人是誰？」那仙女道：「我主人是瀟湘妃子。」寶玉聽道：「是了！妳不知道這位妃子就是我的表妹林黛玉。」那仙女道：「胡說！此地乃上界神女之所，雖號為瀟湘妃子，並不是娥皇、女英之輩，何得與凡人有親？你少來混說，瞧著叫力士打你出去！」

寶玉聽了發怔，只覺自形穢濁，正要退出，又聽見有人趕來，說道：「裡面叫請神瑛侍者。」那人道：「我奉命等了好些時，總不見有神瑛侍者過來，你叫我那裡請去？」那一個笑道：「才退出去的那個人不是麼？」那侍女慌忙趕出來，對寶玉說：「請神瑛侍者回來。」寶玉只道是問別人，又怕被人追趕，只得踉蹌而逃。

正走時，又見一人手提寶劍，迎面攔住，說：「哪裡走！」唬得寶玉驚慌無措。仗著膽抬頭一看，卻不是別人，就是尤三姐！寶玉見了，略定些神，央告道：「姐姐，怎麼妳也來逼起我來了？」那人道：「你們弟兄沒有一個好人，敗人名節，破人婚姻。今兒你到這裡，是不饒你的了！」寶玉聽去話頭不好，正自著急，只聽後面有人叫道：「姐姐，快快攔住！不要放他走了。」尤三姐道：「我奉妃子之命，等候已久，今兒見了，必定要一劍斬斷你的塵緣。」寶玉聽了，益發著忙！又不懂這些話到底是什麼意思，只得回頭要跑。豈知身後說話的並非別人，卻是晴雯。寶玉一見，悲喜交集，便說：「我一個人走迷了道兒，遇見仇人，我要逃回，卻不見你們一人跟著我。如今好了，晴雯姐姐，快快的帶我回家去罷。」晴雯道：

「侍者不必多疑，我非晴雯，我是奉妃子之命，特來請你一會，並不難為你。」寶玉滿腹狐疑，只得問道：「姐姐說是妃子叫我，那妃子究是何人？」晴雯道：「此時不必問，到了那裡，自然知道。」寶玉沒法，只得跟著走。細看那人背後舉動，恰是晴雯：「那面目聲音是不會錯的了，怎麼她說不是？我此時心裡模糊。且別管她，到了那邊，見了妃子，就有不是，那時再求她。到底女人的心腸是慈悲的，必是恕我冒失。」

正想著，不多時到了一個所在。只見殿宇精致，色彩輝煌，庭中一叢翠竹，戶外數本蒼松。廊檐下立著幾個侍女，都是宮妝打扮，見了寶玉進來，便悄悄的說道：「這就是神瑛侍者麼？」引著寶玉的說道：「就是。你快進去通報罷。」有一侍女笑著招手，寶玉便跟著進去。過了幾層房舍，見一正房，珠簾高掛。那侍女說：「站著候旨。」寶玉聽了，也不敢則聲，只得在外等著。那侍女進去不多時，出來說：「請侍者參見。」又有一人捲起珠簾。只見一女子，頭戴花冠，身穿繡服，端坐在內。

寶玉略一抬頭，見是黛玉的形容，便不禁的說道：「妹妹在這裡！叫我好想。」那簾外的侍女悄詫道：「這侍者無禮，快快出去！」說猶未了，又見一個侍兒將珠簾放下。寶玉此時欲待進去又不敢，要走又不捨。待要問明，見那些侍女並不是自己認得的人，又被驅逐，百般無奈，只得出來。心想要問晴雯，回頭四顧，並不見有晴雯。心下狐疑，只得怏怏出來，又無人引著，正欲找原路而去，卻又找不出舊路了。

正在為難，見鳳姐站在一所房檐下招手。寶玉看見，喜歡道：「可好了！原來回到自己家裡了。我怎麼一時迷亂如此？」急奔前來說：「姐姐在這裡麼，我被這些人捉弄到這個份兒，林妹妹又不肯見我，不知何原故？」說著，走到鳳姐站的地方，細看起來，並不是鳳姐，原來卻是賈蓉的前妻秦可卿。寶玉只得立住腳，要問鳳姐姐在哪裡？那秦氏也不答言，竟自往屋裡去了。寶玉恍恍惚惚的又不敢跟進去，只得呆呆的站著，嘆道：「我今兒得了什麼不是？眾人都不理我。」便痛哭起來。突然又看見有幾個黃巾力士執鞭趕來，說是：「何處男人敢闖入我們這天仙福地來，快走出去！」寶玉聽得，不敢言語。正要尋路出來，遠遠望見前面有一群女子在說笑。寶玉看時，又像有迎春等一干人走來，心裡一高興，便叫道：「我迷住在這裡，妳們快來救我！」正嚷著，後面力士趕來。寶玉急得往前亂跑，忽見那一群女子都變作鬼怪形象，也來追捕！

寶玉正在情急，只見那送玉來的和尚，手裡拿著一面鏡子一照，說道：「我奉元妃娘娘旨意，特來救你。」登時鬼怪全無，眼前仍是一片荒郊。

寶玉拉著和尚說道：「我記得是你領我到這裡，你一時又不見了。看見了好些親人，只是都不理我，忽又變作鬼怪，到底是夢是真？望老師明白指示。」那和尚道：「你到這裡，曾偷看什麼東西沒有？」寶玉不敢隱瞞，便說道：「我倒見了好些冊子來著。」那和尚道：「可又來！你見了冊子，還不解麼？世上的情緣，都是那些魔障。只要把歷過的事情細細記著，將來我與你說明。」說著，把寶玉狠命的一推，說：「回去吧！」寶玉站不住腳，一交跌倒，口裡嚷道：「啊喲！」

王夫人正在哭泣，聽見寶玉甦醒過來，連忙叫喚。寶玉睜眼看時，仍躺在炕上，見王夫人、寶釵等哭得眼泡紅腫。定神一想，心下知道：「是了，我是死去又活過來的。」遂把神魂所歷的事呆呆的細想，幸喜多還記得，便哈哈的笑道：「是了，是了！」王夫人看寶玉醒來後又一味地傻笑，以為是舊病復發，只好延醫調治，即命丫頭、婆子快去告訴賈政。

賈政聽了，即忙進來看視，果見寶玉已經甦醒，便道：「癡兒，你要唬死誰麼！」說著，眼淚也不知不覺流下來了。又嘆了幾口氣……。

《紅樓夢》故事一開始，曾有一首《好了歌》，最末一句唱道：「世人都曉神仙好，唯有兒孫忘不了，癡心父母古來多，孝順兒孫誰見了！」大觀園如今已是殘破不堪，寧、榮國府時局已敗，賈政夫婦作為癡心父母又如何喚得回寶玉這個癡兒？

到了小說第一百二十回，故事終結之處，作者寫道：

賈府被抄家之後，已是家破人亡。那時賈政扶著賈母靈柩，賈蓉送了秦氏、鳳姐、鴛鴦的棺木到了金陵，先安了葬。賈蓉自送黛玉的靈，也去安葬。賈政又需料理墳基的事。一日，他接到家書，一行一行地看到寶玉和賈蘭考試中榜，心裡自是喜歡；後來看到寶玉失蹤，復又煩惱，只得趕忙回來，日夜趲行。

一日，行到毘陵驛地方，那天乍寒下雪，泊在一個清靜去處。賈政自己在船中寫家書，寫到寶玉的事，便停筆。抬頭忽見船頭上微微的雪影裡有一個人，光著頭，赤著腳，身上披著一領大紅猩猩氈的斗篷，向賈政倒身下拜。賈政尚未認清，急忙出船，欲待扶住問他是誰。那人已拜了四拜。賈政才要還揖，迎面一看，不是別人，卻是寶玉！

賈政吃一大驚，忙問道：「可是寶玉麼？」那人只不言語，似喜似悲。賈政又問道：「你若是寶玉，如何這樣打扮，跑到這裡？」寶玉未及回言，只見船頭方向來了兩人，乃是一僧一道，他們夾住寶玉說道：「俗緣已畢，還不快走！」說著，三個人飄然登岸而去。賈政不顧地滑，急忙來趕。見那三人在前，卻那裡趕得上？

只聽見他們三人口中不知是哪個作歌曰：

「我所居兮，青埂之峰。我所遊兮，鴻蒙太空。誰與我遊兮，吾誰與從？渺渺茫茫兮，歸彼大荒。」

曾經是人世間最美的繁華聖地，那裡住著許多清純可愛的風流人物，如今都已消失無蹤，只落得一片白茫茫大地，而過往所有歡暢熱鬧的景象，如今再也找不回一絲蹤影。往事就像一場夢，也如一陣煙，這就是《紅樓夢》留給世人最蒼涼悽愴的結局。

國家圖書館出版品預行編目資料

我們來玩紅樓夢/朱嘉雯著. -- 初版. -- 臺北市：
聯合文學出版社股份有限公司, 2021.07
208面；14.8×21公分. --（繽紛；233）

ISBN 978-986-323-389-3(平裝)

857.49　　110009129

繽紛 233

我們來玩紅樓夢

作　　者／朱嘉雯
發 行 人／張寶琴

總 編 輯／周昭翡
主　　編／蕭仁豪
資深編輯／尹蓓芳
編　　輯／林劭璜
資深美編／戴榮芝
版權管理／蕭仁豪
業務部總經理／李文吉
行銷企劃／林孟琁
發行助理／孫培文
財 務 部／趙玉瑩
韋秀英
人事行政組／李懷瑩

法律顧問／理律法律事務所
陳長文律師、蔣大中律師

出 版 者／聯合文學出版社股份有限公司
地　　址／臺北市基隆路一段178號10樓
電　　話／（02）27666759轉5107
傳　　真／（02）27567914
郵撥帳號／17623526 聯合文學出版社股份有限公司
登 記 證／行政院新聞局局版臺業字第6109號
網　　址／http://unitas.udngroup.com.tw
E-mail:unitas@udngroup.com.tw

印 刷 廠／沐春創意行銷有限公司
總 經 銷／聯合發行股份有限公司
地　　址／231臺北縣新店市寶橋路235巷6弄6號2樓
電　　話／（02）29178022

出版日期／2021年7月　初版
定　　價／300元

ISBN 978-986-323-389-3（平裝）